3일 후
죽는 너에게

MIKKAGONI SHINU KIMIE
by Yuuho Niimu
Copyright © 2021 by Yuuho Niimu
First published in Japan in 2021 by Jitsugyo no Nihon Sha, Ltd.
Korean translation rights arranged with Jitsugyo no Nihon Sha, Ltd.
through Shinwon Agency Co.
Korean edition © 2023 TOMATO PUBLISHING HOUSE

유호 니무 장편소설
전성은 옮김

3일 후
죽는 너에게

차례

프롤로그

'그린플래시'라는 녹색 섬광

그 빛을 본 사람에게는 행복한 일이 생긴다고 한다.

그때의 네가 바라던 행복이 무엇이었는지 나는 모르지만……

너는 언제나 바닷가에 앉아 석양을 바라보았다.

"나, 이걸 보고 싶어."

그녀가 내민 한 장의 사진.

그 사진을 본 순간 운명을 느꼈다.

과거를 잊어버리고 싶어 이곳에 온 나와, 잊어버려서는 안 되는 과거에 얽매여 이곳에 있는 너.

그 빛이 우리를 비출 때 분명 기적이 일어날 거야.

나는 그렇게 믿으며 다시 한번 이곳에 왔다.

너는 벌써 잊어버렸을지도 모르지만, '그날들'은 분명히 우리에게 존재했다.

너는 행복해졌을까.

너의 행복은 무엇이었을까.

저 기적의 섬광과 함께 너의 기억 속에 새겨진 것을 확인하고 싶어.

우주의 신비 속 인간의 신비함을 찾기 위해서…….

제1장

나는
살해당했다

모든 것이 사라졌다.

나는 그렇게 느꼈다.

나와 같은 세대들에게 대학 입시는 아마도 인생에서 처음 넘는 커다란 관문일 것이다.

다른 사람들은 인생이 이렇게 긴데 한 번의 실패쯤은 얼마든지 만회할 수 있다고 말한다. 그러나 당사자에게 이것은 일생일대의 일이다.

"맙소사… 내가 재수생이 되다니……."

처음에는 그냥 이 정도로만 생각하고 넘겼다. 그러나 시간이 지날수록 학창 시절을 함께 보냈던 친구들은 대학이라는 새로운 세계를 향해 준비해 나갔고, 4월이 되자 나와는 완전히 다른 세계로 날아가버리고 말았다.*

혼자서만 뒤처진 나는 어느덧 친구들과도 소원해지고 말았다.

생각해 보면 학교라는 공동체에서 시작된 관계는 그 정도 일로도 소원해질 수 있는 작은 세계일 뿐이라는 것을 새삼 깨달은 것 같다.

우리집은 여러 가지 사정이 있어 나는 어머니와 단둘이서 살고 있었는데, 어머니께 부담을 드리고 싶지 않아서 국공립 대학만 노렸던 것이 화근이 되어 '재수생'이라는 꼬리표를 달아 오히려 어머니께 걱정만 끼치는 처지가 되고 말았다.

"소마, 천천히 결정하는 것도 나쁘지 않으니까 한번 잘 생각해 보렴."

어머니는 그렇게만 말씀하시고 내 결정에 달리 뭐라고 하지는 않으셨다.

졸업여행은 가지 않았다. 아니, 갈 수 없었다. 고등학교 졸업은 했지만 그다음이 보이지 않았다. 미래에 대한 희

---

* 일본은 4월부터 1학기가 시작된다.

망으로 부푼 친구들 사이에 있는 것이 불편해 적당한 이유를 만들어 졸업여행은 포기하고 몹시 우울해하던 그때, 문득 혼자 여행이 떠나고 싶어졌다.

그래서 졸업여행을 위해 모아 두었던 돈으로 여행을 떠나기로 했다.

여행이 좋았다.

원래부터 야외 활동이나 자연을 좋아했기에 고등학교에서도 트레킹을 주력으로 하는 캠핑 동아리에 들었다.

야영 장비들도 전부 가지고 있어서, 노숙이라도 하면서 가능한 한 길게 여행할 생각으로 걷기 시작했다.

골든위크*가 끝나는 5월, 여행객이 줄어드는 시기를 노려 이끌리듯 이곳 해안가에 도착했다.

바다를 한눈에 볼 수 있는 곳으로, 인적은 드물었지만 서쪽 하늘로 수평선이 보였다. 여기라면 분명 예쁜 석양을 볼 수 있을 것이다.

"여기구나."

나는 눈앞의 경치를 몇 번이고 확인하고서 멈춰 섰다.

아마 이곳이 내가 찾던 장소일 것이다.

* 4월 말부터 5월 초까지 이어지는 일본의 황금연휴.

사람들이 많이 찾는 지역은 아니지만 그래도 사람이 너무 없다는 생각에 주위를 둘러본 순간, 바닷가에 덩그러니 있는 그림자를 발견했다.

　'뭐가 떠내려왔나?'

　처음엔 그렇게 생각했다. 바닷가에는 표류물들이 떠내려오는 경우가 많았기 때문이다. 그러나 들고 있던 쌍안경으로 확인해 보니 아무래도 사람 같았다.

　누군가 캠핑용 의자에 앉아 있었고 그 옆에 놓인 삼각대에 카메라가 설치되어 있었다.

　순간 흥미가 생겼다. 내 발걸음이 바닷가에 있는 그 사람에게로 향했다.

　눈앞에 펼쳐진 바다에는 석양이 저물고 있었고, 모래사장에는 나와 그 사람의 그림자가 길게 드리워져 있었다. 가까이서 보니 검은 머리를 길게 늘어뜨린 소녀였다.

　'교복 차림인 걸 보니… 고등학생인가?'

　소녀는 캠핑용 의자에 몸을 기대고 저물어 가는 석양을 지그시 바라보았다. 말을 거는 것이 망설여질 정도로 진지한 모습이었다.

　주위는 온통 오렌지빛으로 물들었고, 모든 풍경 위로 어둑어둑 땅거미가 지고 있었다. 이 광활한 바닷가가 오직 우리 두 사람만 존재하는 세계처럼 몽환적으로 느껴졌다.

당연한 말이지만 태양은 아침에 떠오르고 밤이 되기 전에 진다. 이 넓은 하늘을 반나절에 걸쳐 아주 천천히 이동하는 것이다.

그러나 그것을 체감하는 일은 거의 없다. 정신을 차리면 해가 떠 있고, 이윽고 저물어 가기 때문이다.

그런 태양의 움직임을 눈으로 확인할 수 있는 가장 좋은 방법이 일출과 일몰일 것이다.

수평선에 태양의 가장자리가 닿으면 마치 바다로 빨려 들어가듯 가라앉는 것을 눈으로 확인할 수 있는데, 그 순간 지구가 자전한다는 사실을 실감하게 된다. 나는 옛날부터 이렇게 일몰 보는 것을 좋아했다.

절반, 그리고 3분의 1… 석양은 천천히 모습을 감추었다.

소녀는 그 모습을 지그시 바라보고 있었고 나 역시 숨죽이며 지켜보았다.

소녀가 무슨 생각으로 일몰을 보는 것인지는 알 수 없지만, 나 역시 같은 석양을 보기 위해 온 것은 분명했다. 그러니 내가 이 일몰에 점점 더 빠져든 건 꼭 이 소녀 때문만은 아니었다.

시간은 시시각각 흘러갔다.

드디어 태양 대부분이 수면 밑으로 가라앉았고, 얼마 남지 않은 윗부분의 가장자리만 남았다. 그리고 그것 역시 눈 깜짝할 사이에 수평선으로 흡수되었다.

나는 '그 순간' 나타날지도 모를 기적의 섬광을 애타게 기다렸다. 하지만 기적은 그리 쉽게 일어나지 않는 법.

"아… 오늘도 안 보이네."

내 목소리와 동시에 소녀의 목소리가 울렸다.

"어?"

"헉!"

난 그녀가 나와 똑같은 말을 내뱉은 것에 놀랐고, 그녀는 내 목소리에 놀랐다. 순간 내 존재를 알아챈 그녀가 뒤를 돌아보았다.

소녀는 앉아서 나를 올려다본 채로 굳어버렸다.

그도 그럴 것이, 모르는 사람이 인기척도 없이 갑자기 자기 뒤에 서 있었으니 놀라는 게 당연했을 것이다.

"앗, 저기… 그게 아니라… 좋, 좋은 의자네!"

"네?"

"그 의자 말이야. 캠핑용으로 나온 좋은 거잖아. 이거 봐, 나도 가지고 있거든."

등에 지고 있던 장비들 중에 우연히 같은 의자가 있어

서 얼버무리려고 어찌저찌 이야기를 만들어 보았지만, 나 역시도 조금 억지스럽다고 느꼈다.

"와! 정말이네?"

그녀가 반응을 보였다. 다행히 수상한 사람 취급은 면할 수 있을 것 같다.

겁내지 않고 재잘거리는 모습이 사람을 좋아하는 작은 동물처럼 귀여웠다.

"캠핑 좋아해?"

어쩌다 화제를 건진 김에 질문을 해 보았다.

이 의자는 꽤나 본격적인 캠핑 용품이다. 비슷한 의자들도 많이 있지만 이 브랜드는 격이 달랐다. 관심이 좀 있다는 이유만으로 구입하는 사람은 별로 없었다.

그렇다면 그녀도 캠핑을 좋아하는 것일지도 모른다.

"캠핑은 해 본 적 없는데… 이 의자 좋은 거였어?"

"응, 좋은 의자야. 아, 직접 산 게 아니구나?"

"응. 받은 거야. 그런데 누가 줬는지는 기억이 안 나네? 그래도 사용감이 좋아서 계속 쓰고 있어."

캠핑을 좋아하는 건 아닌 모양이었다. 저렴한 의자도 아닌데 누가 줬는지 까먹을 수도 있을까 의아했지만, 그것보다 더 신경 쓰이는 것이 있었기에 의자에 대한 이야기는 일단 넘겼다.

"아까, 오늘도 안 보였다고 말한 거지?"

"응. 그쪽도?"

소녀가 싱긋 웃으며 수줍게 나를 올려다보았다. 그 순간 우리는 서로가 오늘 보지 못한 게 무엇인지 깨달았다.

"혹시… 그린플래시?"

나는 우리가 통한 것이 맞는지 확인해 보았다. 그러자 얼굴 가득 미소를 짓고 손뼉을 치며 말했다.

"정답! 우와! 이걸 아는 사람은 처음 봤어."

딱 봐도 소녀는 많이 흥분한 것 같았다. 그녀는 의자에서 일어나 노을 진 바다를 등지고 내 앞에 섰다.

"그린플래시를 보면 행복한 일이 생긴대. 그래서 언젠간 꼭 보고 싶어!"

그 전설에 대해서라면 나도 잘 알고 있었다. 그녀는 해가 저문 수평선 쪽을 돌아보더니 까만 머리카락을 휘날리며 다시 내 쪽을 바라보았다. 기분 탓인지 슬픔을 띤 듯한 눈동자가 인상적이었다. 마치 그 눈동자에 빨려 들어갈 것 같았다.

"난 미사키 히나호야. 그린플래시를 보고 싶어서 날씨가 좋은 날에는 매일 이곳에 오고 있어."

그녀는 내게 사진 한 장을 보여 주었다. 잡지에서 오려 정성스레 코팅한 것이었는데, 반 정도 저문 태양의 위쪽 끝이 녹색으로 빛나고 있는 사진이 있었다.

"이거⋯⋯."

심장이 떨렸다.

"이거 여기서 찍은 거래. 이것 봐. 이 주변 경치하고 똑같지?"

알고 있었다. 나는 그 사실을 알고 있었기에 이곳에 온 것이다.

"그러니 여기라면 볼 기회가 있을지도 모른다고 생각했어."

소녀는 천진난만하게 즐거운 듯 이야기했다.

"그렇지만 그린플래시는⋯⋯."

"알아, 쉽게 보기 힘들다는 거⋯ 그런데 이름이 뭐야?"

내 말을 이으며 소녀가 되물었다. 그녀에게서 찰나에 쓸쓸한 눈빛이 보여 내심 놀랐다. 쓸데없는 소리를 한 것 같아서 반성했다.

게다가 그녀는 분명히 이름을 말해 주었다. 나도 바로 이름을 밝혔어야 했는데 실례를 범한 것 같아 또다시 반성했다.

"난 마쓰자키 소마라고 해. 음, 그냥 혼자 여행하던 중에 우연히 이곳에 들렀어."

"와, 여행하는 거야? 좋겠다. 난 부모님이 허락해 주시지 않을 텐데."

히나호는 다시 쾌활한 미소를 지었다. 아까의 쓸쓸한 눈빛은 뭐였을까? 조금 신경이 쓰였지만 땅거미가 내려앉는 하늘의 아름다운 색 변화에 시선을 빼앗겨 그 생각도 금세 사라지고 말았다.

"굉장하지? 오늘은 투명도가 높았는데도 안 보이네……."

히나호 역시 자줏빛에서 짙은 남색으로 물들어 가는 하늘을 올려다보며 기지개를 켰다.

해가 완전히 저물고 밤이 오고 있었다.

조금 특이한 소녀처럼 보이는 미사키 히나호의 방금 전 표정은, 지금의 어둠에 녹아들어 더는 보이지 않게 되었다.

나는 캠핑장에서 야영 중이었다.

숙소에 묵을 돈까지는 없었고, 이곳에 하루라도 더 머물기 위해서는 아낄 수 있는 데서 최대한 아껴야 했다.

"설마 했는데……."

캠핑용 스토브에 물을 끓이며 저녁때 일을 떠올렸다.

그린플래시. 녹색 섬광이라고도 불리지만 일반적으로는 그린플래시라는 영어 이름으로 더 잘 알려져 있다.

이것은 태양의 가장자리가 지평선이나 수평선에 걸렸을 때, 아주 짧은 시간 볼 수 있는 녹색의 빛이다. 대기의 프리즘 스펙트럼에 의한 자연의 장난이지만 그렇게 쉽게 볼 수 있는 현상은 아니다. 또한 일출과 일몰 때 주로 나타난다고 알려져 있지만 일몰 때의 목격 사례가 압도적으로 많다.

이런 조건들뿐이라면 흔하지는 않더라도 우연히 겹칠 기회는 있겠지만 문제는 히나호가 보여준 그 사진이었다.

보통이라면 태양이 완전히 자취를 감추려는 찰나의 순간에 그린플래시가 빛나는 것이 일반적이다. 그런데 그 사진은, 태양의 절반이 아직도 수평선 위에 남아 있는 상태에서 태양 위쪽 끝부분이 녹색으로 빛나고 있었다. 그런 건 포착된 사례가 거의 없는 레어 중의 레어, 게임으로 말하자면 출현율이 낮은 SSSR급 정도의 현상이었다. 이런 장면을 포착한 사진은 아마 전 세계에서도 그렇게 많지가 않아서, 한 장 한 장 언제 어디에서 있었던 현상이고 누가 촬영했는지 특정이 가능할 만큼 희소할 것이었다.

"나랑… 같을까?"

초면에도 거리낌 없이 이야기하는 소녀였다. 고등학생 정도 되어 보여, 바로 얼마 전까지 고등학생이었던 내 눈에는 비슷한 나이대로 보였다.

긴 흑발이 아름답고 약간은 슬퍼 보이는 듯한 눈동자가 인상적인, 미소가 예쁜 아이였다. 이것뿐이었다면 '그냥 귀여운 여자아이'에서 끝났을 텐데. 그녀는 내가 지금까지 만나온 동급생 여자아이들과는 어딘가 다른 분위기를 풍기고 있었다.

바닷가에서 그린플래시를 기다리고 있다는 점에서 특이함을 느꼈을 수도 있지만, 뭔가 다른 이유도 있을 것 같았다.

아무튼 나는 지금 내가 겪고 있는 이 실패의 경험을 잊고 싶었다. 무엇으로든 덮어쓰고 싶은 마음에 지푸라기라도 잡는 심정으로 여기까지 왔다. 뭔가 새로운 경험을 하면 희망찬 미래로 나아갈 수 있을 것 같은 기분도 들었지만, 사실 확인할 수 있는 미래 따윈 없다. 그저 움직이기라도 하지 않으면 썩어버릴 것 같은 기분에, 반쯤은 도망치듯 여행을 온 것이다.

"그린플래시를 보면 행복한 일이 생긴대."

그녀는 그렇게 말했다.

분명 그런 전설이 있긴 했다. 물론 어디까지나 '희귀한 현상이니까 본다면 좋은 일이 생길지도 몰라' 정도의 말이라는 건 누구나 알 수 있을 테고, 나도 실은 거기에 기대려고 온 것이나 다름없었다.

그러나 그녀가 찰나에 보인 그 쓸쓸한 눈빛은, 그린플래시를 본다면 뭔가 대단한 소원을 빌 것 같은 느낌마저 들게 했다. 문득 어떤 의미에선 지금의 나를 비추는 거울처럼 느껴지기도 했다.

다음날, 동네 산책을 나가 보기로 했다.

짐은 캠핑장에 두고 왔기 때문에 홀가분했다. 카메라와 귀중품, 그리고 작은 배낭에 들어갈 정도의 소지품만 챙겨서 나왔다.

모르는 동네에 오는 게 드문 일은 아니었다. 고등학교 때는 캠핑 동아리 친구들과 함께 낯선 곳으로 떠나는 게 일상이었으니까.

그러나 대학 입시라는 분기점으로 한순간 성공과 실패가 나뉘면서 그것은 먼 이야기가 되고 말았다.

성장해 앞으로 나아간다는 것은 무언가를 잃어버리고 잊어가는 것일지도 모른다. 환경은 계속해서 변하고, 그

안에서 만남과 이별, 성취와 상실이 있다는 것을 머리로
는 이해하고 있었지만 그렇다고 해서 '인생이 다 그렇지
뭐' 하고 달관하기에 아직 내 마음은 완전히 어른이 되지
못했다.

어제 히나호가 내게 보여 주었던, 바닷가에서 찍은 그
린플래시 사진에 대해 생각했다. 초망원 렌즈에 찍힌, 수
평선 아래로 절반이 가라앉은 태양과 그 테두리에 빛나는
녹색 섬광.

초망원 렌즈로 확대되어 느껴지는 박력과 선명한 녹색
빛이 인상적인, 보기만 해도 마음이 끌리는 사진이었다.

그러니 그린플래시를 실제로 보고 싶어 하는 히나호의
마음만큼은 내가 지금 가장 잘 이해할 수 있었다.

하지만 그녀와 내가 이것을 보고 싶어 하는 이유는 틀
림없이 다를 것이다.

이런 생각들을 하며 당분간 머무를 동네를 훑어보았다.

캠핑장에는 샤워 시설이 없어서 대중목욕탕을 찾아 두
고 싶었다. 미리 조사를 하고 오는 것이 좋겠지만 별다른
사전 정보 없이 오는 것이 나만의 방식이었다.

"이랬는데 대중목욕탕이 없으면 어쩌지……."

조금 불안한 마음이 들 때, 눈앞에 바다가 보였다. 조금

춥긴 해도 씻을 순 있지 않을까 생각했지만, 아무리 그래도 바닷물은 곤란했다.

이곳은 바다와 접해 있는 작은 마을로, 쇠퇴한 곳이라 할 정도는 아니지만 도시처럼 뭐든지 다 있는 것도 아니었다.

편의점은 역으로 가는 길 중간에 딱 하나가 있을 뿐이었다. 그래도 다행히 이곳은 온천 지역이라 목욕탕은 여러 개 있었다.

국민 휴가촌* 내에 있는 캠핑장이 시설 면에서도 더 나았던 것 같지만, 나는 우선 바다로 나가기 쉬운 다른 캠핑장에 텐트를 친 상태였다.

무엇보다 내 목적은 그 히나호라고 하는 소녀와 같았기에, 그린플래시 관측 장소와 가까운 곳에 묵는 게 더 좋다고 생각한 것이다.

"오늘도 와 있을까?"

그녀는 날씨가 좋은 날에는 있을 거라고 말했다.

여고생이 그렇게 한가했던가.

내가 아는 동급생 여자애들은 방과후에 매일같이 바빠

---

* 일본 정부의 공원 계획에 따라 국립공원 지구에 설치된 종합적 휴양시설.

보였다. 동아리 활동을 하지 않는 애들도 쇼핑이니 데이트니 노래방이니 뭐가 많았고, 어쩐지 다가가기도 어려워서 나는 그런 무리들과는 어울리지 않았다.

어차피 나는 또 바닷가에 갈 테니, 그때도 있다면 다시 만나게 되겠지.

이렇게 생각하는 것 자체가 이미 히나호의 존재를 신경 쓰고 있는 게 틀림없었지만, 그래도 아직은 그녀의 모습이 이곳 풍경의 한 부분에 지나지 않는다고 생각했다.

오늘도 날이 맑은 해질녘이었다. 그린플래시는 주로 공기가 맑고 하늘의 투명도가 높은 날에 나타났다. 사실 어떤 조건이 갖춰져야 나타나는지 확실하게는 알지 못했고, 이것은 최소한의 조건일 뿐이었다.

나는 다시 한번 그 바닷가를 찾았다.

그곳에 히나호가 있었다.

어제와 같은 모습으로, 모래사장 위에 캠핑용 의자를 두고 앉아 있었다. 삼각대에 카메라를 설치해 두고 책을 읽으며 조용히 일몰을 기다리고 있었다.

"안녕."

"앗, 소마… 였나? 맞지?"

그녀는 들고 있던 책을 덮은 뒤 확인하듯 물어보며 나

를 올려다보았다.

"맞아. 미사키 히나호, 책을 좋아하나 봐?"

"그건 너무 딱딱하다… 그냥 히나호라고 해도 돼. 나도 똑같이 소마라고 할게!"

히나호가 그렇게 말하며 키득거렸다. 너무 갑자기 친한 사이처럼 부른다고 할 수도 있겠지만 딱히 그게 불쾌하지는 않았다. 다만 이름으로만 불리는 것이 조금 낯간지러웠고 여자애를 그렇게 이름으로만 다정하게 불러 본 적도 없어서 조금 부끄럽기는 했다. 그래도 그렇게 불러 달라고 하니 나도 노력하기로 했다.

"응, 책 좋아해. 한 번 읽으면 그 내용들을 잊지 않거든."

"기억력이 좋구나."

"후후… 글쎄, 그렇지도 않아."

그녀가 묘한 분위기를 풍겼다.

"매일 이곳에 있다고 했는데… 그럼 계속 그린플래시를 기다리는 거야?"

"응, 아마 1년 정도 된 것 같아. 겨울에는 추워서 가끔 빼먹긴 하지만."

"겨울은 어쩔 수 없지. 이 근처는 눈도 많이 오지 않아?"

"맞아. 엄청 많이 와. 그래서 여기로 못 오는 날도 있어.

하필 그런 날 그린플래시가 나타나면 최악일 것 같은데…
추운 건 너무 싫어서 말이야."

"1년이라…….."

같은 장소에서 1년을 넘게 기다려도 역시 볼 수 없는
건가 싶어 조금 절망적인 기분에 사로잡혔다. 그나저나
아무리 자기 동네라지만 대단한 일이다.

"소마는 어디에서 왔어? 본 적 없는 얼굴 같은데."

"아아, 어제도 말하긴 했는데 난 그냥 여행 온 거야."

"여행이라고? 우와, 너무 좋겠다! 부러워."

"뭐야, 설마 여행 가 본 적 없는 거야?"

"기억에는 없는데…….."

순간 생각에 잠겨 중얼거리는 히나호의 표정은 조금
놀라울 정도로 공허해 보였다.

뭔가 건드리면 안 되는 것을 건드렸다는 느낌에 나는
황급히 화제를 돌렸다.

"오늘은 구름이 좀 있네."

"그러게. 그린플래시는 오늘도 보기 어려울 것 같네."

그린플래시를 볼 수 있는 확률은 수평선이 보이는 상
태에서 태양이 저무는 순간이 가장 높았다.

석양이 붉게 보이는 이유는 빛의 파장이 가장 긴 빨간

빛이 대기층을 통과해 우리 눈에 보이기 때문이다. 파장이 짧은 초록빛을 보기 위한 조건은 굉장히 까다로웠고, 그렇기 때문에 하늘의 투명도는 중요했다.

오늘은 수평선 쪽에 구름이 많이 끼어 있어서 하늘이 아무리 맑아도 그린플래시는 보이지 않을 것이다.

"모처럼 하늘이 맑은데 말이야."

히나호는 하늘을 올려다보았다. 나도 그녀를 따라서 맑고 푸른 하늘을 올려다보았다.

"달까지 대략 38만 킬로미터. 태양까지는 1억 5천만 킬로미터. 어마어마하게 먼 거리야."

"소마는 별을 좋아하는구나?"

"별뿐만이 아니라 자연도 좋아해. 버섯 채집도 할 수 있는걸?"

"우와! 대단한데? 그럼 버섯전골도 만들 수 있어? 만화 같은 데 보면 나오는 거 말이야!"

히나호는 어제부터 내 이야기에 의외로 반응을 보였다. 취미가 비슷한 건지 관심사가 같은 건지 모르겠지만 어쨌든 내 입장에서는 고마운 일이었다.

"낮은 산으로 캠핑을 갔을 때 버섯전골을 해 먹은 적도 있긴 해. 일단 지금까지 독버섯을 먹은 적이 없다는 게 자랑이야."

"재밌겠다! 나도 버섯전골 먹어 보고 싶어!"

"주변에서 흔히 볼 수 있는 표고버섯이나 나도팽나무버섯으로 만든 전골이랑 별로 다를 것도 없어."

"직접 채취한 걸 먹는 게 묘미 아닐까? 직접 그린플래시 사진을 찍고 싶어서 지금 여기에 있는 것처럼 말이야."

히나호는 어제 내게 보여 주었던 사진을 다시 한번 품에서 꺼냈다. 항상 몸에 지니고 다니면서 잃어버리지 않으려고 했는지 히나호는 코팅한 사진에 끈을 달아 목에 걸고 다녔다.

"맞는 말이네. 히나호, 그 사진 굉장히 소중히 여기는구나."

나도 모르는 사이에 미소를 짓고 있었다. 그것을 본 히나호는 조금 놀란 듯 눈 깜빡이는 것도 까먹은 사람처럼 잠시 동안 나를 바라보았다.

"왜, 왜 그래?"

너무 빤히 쳐다봐서 도리어 내가 주춤했다.

"아니… 이 사진에 이렇게까지 반응하는 사람은 처음 봐서. 다들 그냥 '오…' 아니면 '아, 그렇구나…' 정도로 끝나버리거든."

"그야 관심이 없는 사람이라면 그렇겠지."

"그렇지? 근데 소마는 그러지 않잖아! 나는 우리가 여기에 대해 반드시 이야기를 나눠 봐야 한다고 생각해!"

"아……."

나이에 비해 순진한 건지 아니면 원래부터 천진난만한 건지 겁이 없는 아이였다.

물론 내가 나쁜 짓을 할 생각은 없지만, 그래도 어제 처음 만난 사람인데 조금은 경계하길 바라는 마음이 없지는 않았다.

다만 그게 나를 언짢게 하는 건 아니었고, 오히려 귀엽게 느껴질 정도였다. 여자를 만날 기회가 많이 없던 나라도 긴장을 풀고 이야기할 수 있어서 되레 고마웠다.

이런 이야기를 나누는 동안 구름에 가려진 태양은 어느샌가 거의 다 저물어버렸고, 바닷가는 점점 어두워졌다. 마을에 가로등도 몇 개 없어서 도시의 밤과는 확연히 차이가 날 만큼 어두웠다.

"나는 이제 그만 가야겠다. 혹시, 당분간 여기에 있는 거야?"

"어? 아, 응! 저쪽에 있는 캠프장에 텐트를 쳐 놨어."

"텐트 생활이구나. 그것도 재밌을 것 같아!"

"요즘처럼 선선한 계절에는 괜찮아도 여름엔 지옥이야."

"아, 그렇구나… 역시 난 무리야."

"좌절이 빠른데?"

우리는 해가 완전히 질 때까지 이런 이야기를 나눴다.

아무래도 너무 캄캄해지면 발밑도 믿을 수 없게 되는데, 게다가 여기는 시골이었다. 길이 문제가 아니라 바닷가는 정말 아무것도 보이지 않게 된다. 사위가 어렴풋이 보이는 동안 우리는 제방 윗길로 나섰다.

"그럼 잘 가. 날씨가 좋으면 내일 또 만나."

"응, 그래."

이튿날까지는 그럭저럭 전날의 연장선 같았다.

그러나 3일째인 내일부터는 매일 만나는 것이 기정사실이 될 것만 같은 예감이 들었다. 작심삼일이라든지 삼세번의 행운이라든지, 3이라는 숫자는 일종의 구분을 짓는 숫자인 것일까.

첫눈에 반한다는 감정은 잘 모르겠고 그런 경험도 없다. 그러나 단 이틀 만에 히나호와 있는 시간이 편안하게 느껴졌고 지금까지 이런 감정은 느껴 본 적이 없었다. 대학 입시에 실패한 이래 가장 편안하게 느껴지는 시간이었다.

그 정도로 히나호와 있으면 불편함을 느낄 수 없었다.

이것도 그린플래시의 기적일까. 아직 보지는 못했지만.

나는 어쩐지 이곳에서의 생활이 기대되기 시작했다.

그날 이후 날씨가 맑은 저녁이면 우리의 만남은 계속 이어졌고 일주일이 지나자 꽤나 마음을 터놓을 수 있게 되었다.

"오늘은 하늘이 파랗네! 기대해도 되겠는걸?"

"정말 그러네. 여기 온 이래로 최고의 하늘이야."

그린플래시가 나타날 확률에 대한 통계 데이터 같은 건 없었다.

개인적으로 조금 찾아 본 정도지만 그린플래시 현상이 발생했던 때의 기상 조건을 정리해 둔 데이터는 찾지 못했다. 그러니 기온, 투명도, 습도, 바람, 기압 등 모든 것이 미지수였고, '딱 봤을 때 느낌이 좋은 하늘'이라는 것 말고는 기대할 만한 게 없었다.

"좋아! 오늘은 응원을 하자!"

히나호가 뜬금없는 이야기를 꺼냈다.

"응원?"

"응. 태양이 저물 때 '빛나라! 빛나라!' 하고 외치는 거야. 누구든 큰 소리로 응원을 받으면 힘을 내야겠다는 생각이 들잖아?"

"1억 5천만 킬로미터가 떨어진 곳까지 목소리가 닿으려면… 음…….."

나는 태양까지의 거리를 대기 중의 음속으로 나누었다.

"대략 5,000일 정도 걸리네."

"오오! 깔끔한데? 오늘은 운이 좋아. 열심히 응원해야지!"

백 단위는 과감히 버리고 대충 깔끔하게 들리는 숫자를 말한 것이었기 때문에 그 부분에 대한 공격이 들어올까 싶었는데 오히려 히나호의 흥미를 돋우고 말았다.

역시 히나호는 재밌는 아이였다.

이런저런 얘기를 나누는 사이에 해가 기울었다. 수평선 가까이로 내려온 태양은 크고 동그랬다. 이 정도까지 내려와 태양의 광량이 감소하게 되면, 카메라의 망원 렌즈로 보아도 짧은 시간이라면 문제가 없었다. 카메라를 들여다보니 태양의 가장자리가 대기층의 영향으로 아른거리며 일그러져 있었다.

하늘은 투명했고 수평선 부근만 붉게 물들어 있었다.

"내가 알기론, 이상적인 조건이야!"

"우와! 기대해도 되겠지? 나도 여기서 1년 가까이 지켜봤지만 오늘 분위기가 가장 좋은 것 같아! 보증할게!"

"그래?"

"그럼, 난 여기서 본 석양을 전부 기억하고 있는 걸?"

대단하다. 그렇게 단언할 수 있을 정도로 많은 석양을 봐 온 것이겠지.

이런 말을 하는 동안에도 태양 아랫부분이 수평선에 가까이 다가가고 있었다.

"깔끔하게 닿았어! 오늘은 하늘도 유난히 투명하고 깨끗하다!"

"좋았어! 빛나라, 빛나! 그린플래시 빛나라!"

히나호가 태양을 향해 응원을 보내기 시작했다. 약 5,000일 후에 도착할 응원을.

"빛나라! 빛나! 오늘은 꼭 빛나라! 오늘은 할 수 있어!"

나도 질세라 응원을 보냈다. 조금 부끄럽긴 했지만 히나호가 너무나도 즐겁게 진심으로 응원을 하니 나도 덩달아 기분이 고조되었다.

조용한 시골 마을 바닷가에 우리 둘의 영문 모를 응원이 메아리쳤다.

"빛나라! 빛나라!"

수상한 두 사람의 응원을 받으며 태양은 천천히 수평

선 아래로 가라앉아 갔다. 대기의 흔들림으로 형태가 다소 일그러졌지만 여전히 선명한 윤곽을 띤 채 동그란 모습을 유지하고 있었다.

이 정도로 확실한 윤곽을 유지하며 저무는 태양은 좀처럼 보기 어려웠고, 그래서 기대가 높아졌다.

태양의 절반이 가라앉았지만 녹색 빛은 아직 보이지 않았다.

바로 그 순간이 다가오고 있었다.

어느새 우리는 응원을 멈추고 침을 삼키며 태양의 움직임을 응시하고 있었다.

수평선으로 빨려 들어가듯 태양빛이 줄어들었다. 그린 플래시가 나타나는 것은 대개 이 순간이라고 전해진다.

"빛나라!"

둘의 목소리가 동시에 터져 나왔다. 빛은 점차 줄어들더니 수평선 밑으로 완전히 자취를 감추었다.

우리는 망연자실하여 잠시 동안 멍하니 수평선을 바라보았다.

오늘따라 유달리 아름다운… 짙은 남색 빛이 도드라진 그러데이션이 하늘을 뒤덮고 있었다.

"하하……."

"하하하……."

나도 모르게 웃음이 새어 나왔다. 그린플래시는 보지 못했지만 지금껏 가장 흥분되는 날이었다.

"아하하!"

두 사람의 웃음소리가 해안가에 울려 퍼졌다.

"와… 재밌다! 소마, 오늘 너무 즐거웠어!"

"나도야. 히나호."

"그래도 지금까지 본 것 중에 가장 근접했던 것 같아! 소마와 함께라면 볼 수 있을지도 몰라!"

"나도 히나호와 있으면 볼 수 있을 것 같아! 역시 소원은 혼자보다는 둘이 빌어야 하는구나."

"그러게 말이야!"

목적은 달성하지 못했지만 같은 것을 추구하는 두 사람이 공유한 최고의 시간이었다.

날이 저물자 사위가 한순간에 어두워졌다. 늘 그랬듯 벌써 헤어질 시간이었다.

"그럼 돌아갈까?"

"그러자. 그러고 보니, 소마! 밥은 매일 어떻게 하고 있어?"

"직접 만들어 먹어. 돈도 아껴야 하고, 너무 사치스럽게 외식을 할 수는 없으니 말이야."

"그렇구나, 그럼 오늘은 우리 집에서 먹는 거 어때? 나도 혼자 먹는 건 좀 외롭거든."

히나호가 대뜸 이렇게 말했다. 이건 예상 밖이었다.

"뭐? 다른 가족들은?"

"오늘은 일 나가셔서 안 계셔."

"아니, 아무리 그래도……."

그래도 사양해야 할 것 같았다. 아무리 그래도 히나호에게 나는 정체도 모르는 방랑자인데, 초대한다고 넙죽 갈 수는 없는 일이었다.

그러나 히나호가 상관없다는 듯이 재차 권했기 때문에 나도 거절하기 어려워졌고, 내가 처신을 잘하면 된다고 생각해 초대에 응하기로 했다.

"그럼 오늘 짐은 제가 들겠습니다, 아가씨."

"그럼 허락하지요. 잘 부탁해."

짐이라고 해 봤자 조그만 캠핑용 의자와 카메라 삼각대 정도였다. 나도 똑같은 의자를 쓰고 있었기에 익숙하게 의자를 접었다.

"응?"

그 순간 의자 파이프 부분에 매직으로 적힌 글씨가 보

였다. 흐릿해서 잘 보이지 않았지만 히라가나로 '치'라고 적힌 것 같았다. 그 옆으로도 뭔가가 적힌 흔적이 있었지만 지워져서 읽을 수는 없었다.

조금 흥미가 생겼지만 날은 순식간에 어두워지고 있었고, 히나호가 "가자." 하고 말하며 먼저 걸어갔기 때문에 나도 금방 의식의 방향을 틀었다.

땅거미가 내려앉는 제방 길을 히나호와 나란히 걸어갔다. 히나호가 바다 먼 곳을 가리키며 말했다.

"저기 봐! 저게 오징어잡이 어선이야."

"오… 그렇구나!"

바다 멀리 눈부신 빛의 무리가 여럿 보였다.

"오늘은 아빠도 엄마도 저기에 계셔."

"어부시구나!"

"응. 이곳에서는 흔한 직업이야."

확실히 이곳은 어선들이 정박하는 항구 마을이라고 해도 과언이 아니었다. 해산물이 유명한 곳이니 주요 산업은 어업일 것이다.

해안에서 30분 정도 걸었을까. 항구가 훤히 내려다보이는 꽤 높은 지대에 히나호의 집이 있었다.

"자자, 어서 들어오시게."

히나호는 조금 익살스러운 몸짓으로 현관문을 열었다. 이 마을의 건물들은 대체로 오래된 편이라 근대 건축 양식의 집은 드물었다. 히나호의 집도 쇼와* 시대의 향기가 남아 있는, 나무판자로 지어진 예스러운 집이었지만 고기잡이 도구들을 보관하는 창고도 있고 부지가 제법 넓어보였다.

"소마, 들어와. 저녁으로 회 어때? 괜찮아?"

"완전 좋지. 메뉴가 굉장히 훌륭한데?"

"다행이다. 우리집에서는 질릴 정도로 나오는 메뉴거든. 아, 어제 도미 받은 게 있는데! 어디 보자……."

히나호가 어디선가 커다란 스티로폼 박스를 가져와 열자, 빈틈없이 깔린 얼음 위에 올려져 있는 거대한 도미가 보였다.

"엇, 혹시 지금부터 회 뜨는 거야?"

"응, 맞아."

일반 가정에서는 보기 힘든 거대한 도마 위에 도미를 툭 올려놓은 히나호는, 그냥 앞치마가 아닌 긴소매가 달린 앞치마를 입고서 역시나 본 적도 없는 칼을 들었다.

* 1926년부터 1989년까지의 일본 연호.

쇼와 시대를 보는 것만 같은 광경이었다.

"저는 어부의 딸인걸요. 생선회를 뜨는 것 정도는 일상이죠. 후후후."

가끔 이상한 말투로 우스꽝스러운 행동을 하는 히나호는 처음 만났을 때보다 인상이 훨씬 부드러워졌다. 처음에는 얌전하고 성실해 보이는 친구라고 생각했는데, 생각보다 밝고 쾌활한 성격이라 내 입장에서는 이야기하기 편해 다행이었다.

"나한테도 나중에 도움이 될 것 같은데 구경해도 될까?"

"그럼!"

나는 히나호 뒤에 서서 도미회 뜨는 모습을 구경했다. 과연 훌륭한 솜씨였다. 눈 깜짝할 사이에 마트에서 자주 보던 모습의 회가 되었지만 그 살에 흐르는 아름다운 윤기는 도시에서는 볼 수 없는 것이었다.

"회랑 밥뿐이긴 하지만… 자, 오래 기다리셨습니다!"

방금 뜬 신선한 회와 따끈따끈한 밥이 차려졌다.

야영하며 지내는 입장에서는 호강이 아닐 수 없었다.

"감사히 잘 먹겠습니다!"

"맛있게 드시게나."

'맛있다.'

지금까지 먹었던 식사 중 단연코 최고였다. 밥은 언제 누구와 먹느냐에 따라 느끼는 만족도가 다를지도 모르지만, 그런 상황까지 감안해 최고로 맛있었다.

"히나호는 평소에도 이렇게 먹어?"

"응, 어획기에는 아무래도 부모님이 저녁마다 나가시니까. 이제는 익숙해. 부엌에서 생활하는 느낌?"

"부엌에서?"

"응. 뭔가 귀찮기도 하고… 저기 봐. 저쪽에서 자기도 해."

그러고 보니 부엌 한 구석에 새가 둥지를 튼 것 같은 공간이 있었고, 그 옆에는 옷장이며 책상이며 침대가 모여 있었다.

파티션으로 개인 공간의 형식만 갖춘 것 같았다.

"근데, 네 방은… 없어?"

도시의 집들보다 부지도 훨씬 넓었고 밖에서 봤을 때는 방이 많아 보였기 때문에 의아했다.

"있었는데 말이야. 그게… 방에서 귀신이 나오는 거야."

"귀신?"

"응. 1년 전쯤인가. 엄청 무서운 꿈을 꾸고 쓰러져서 입원까지 했거든? 그때부터 아빠가 그 방에 못 들어가게 했어. 저기에 있는 가구들은 그때 옮겨 놓은 거래."

"거래… 라니?"

"난 그 당시의 기억이 날아가버렸거든. 그때 방에서 무슨 일이 있었는지 전혀 기억나질 않아. 그래도 무서웠다는 느낌은 남아 있어서 나도 저 방에는 들어가지 않고 있어. 사실 이제는 가족들도 어지간한 일이 아니고는 2층에 올라가지 않게 됐어."

히나호는 웃으며 말했지만, 그 말인즉슨 지금 히나호와 가족들은 귀신의 집에 살고 있다는 것 아닌가.

실제로 귀신이 있고 없고는 차치하더라도 무섭지 않은 걸까.

"그래도 그때 딱 한 번뿐이었고 방을 막은 이후로는 아무 일도 없었으니까. 무섭진 않아."

그런 문제인 걸까.

시골에는 아직도 도시 사람들이 느끼기에 약간은 비과학적이라고 할 법한 신앙이나 영험, 이에 관련된 불가사의한 전승이나 풍습이 있을지도 모르고, 귀신 이야기 한두 개쯤은 친숙하게 느껴질 정도로 주위에 많이 퍼져 있는지도 모르겠다.

우리는 맛있는 식사에 입맛을 다시며 이런 이야기들을 나누었고, 알찬 시간을 보냈다.

"자고 갈래? 귀신 나오는 방이 있는 2층이라도 괜찮다면 말야."

"아니야, 사양할게."

감사 인사를 하고 내일도 날이 맑으면 해안가에서 만나자고 약속한 후 헤어졌다.

오늘 보았던 석양의 투명도를 상기시키듯 하늘에는 예쁜 별들이 빛나고 있었다.

"소마. 이번 주 토요일에 시간 있어?"

며칠 후 히나호가 대뜸 이렇게 물었다.

기본적으로는 저녁에 해안가에서 만나는 것이 전부였다. 며칠 전 저녁 식사에 초대 받은 이후로 가끔 식사를 함께 하곤 했지만 지금까지는 역시 그것이 전부였다.

그러나 나는 히나호에게 관심이, 아니, 호감이 가기 시작했다는 것을 자각하고 있었다. 그랬기 때문에 그녀의 제안을 거절할 이유가 없었다.

"응. 낮에는 보통 한가해. 책을 읽거나 캠핑장에서 적당히 시간을 보내고 있어."

"그렇구나. 그럼 잠깐 나랑 보지 않을래? 소개해 주고 싶은 사람이 있거든."

"어? 소, 소개?"

'설마 부모님은 아니겠지?'라는 생각에 살짝 움찔했다. 사실 히나호의 부모님이 안 계실 때 여러 번 집에 초대받아 밥을 얻어먹기도 했고, 딸과 매일같이 만나는 상대가 정체도 모르는 방랑객이라는 점도 부모님 마음에 편치는 않을 테니 나를 한번 만나 보려는 건 부모로서 마땅한 일이라는 생각이 들긴 했다.

"사키가 자꾸 소개해 달라고 귀찮게 해."

"사키?"

부모님은 아닌 것 같았다. 누구일까.

"아. 사키는 내 친구야. 고등학교에서 만난 제일 친한 친구인데, 요즘 내가 누굴 만난다는 걸 안 뒤로 자꾸 소개해 달라고 해서 말이야. 전부터 계속 그랬거든."

다행히 그녀의 친구였다. 뭐 내 입장에서도 딱히 반대할 이유는 없었다.

"알겠어. 어디서 볼까?"

"응. 저기 길가 쪽에서 만나자. 점심때쯤, 1시 괜찮아?"

그날은 그렇게 약속을 하고 헤어졌다.

어딘지 모르게 특이한 소녀. 미사키 히나호.

처음에 그녀는 풍경의 일부였고, 우리는 여행지에서

마주쳐 단 한 번의 만남으로 끝나는 그런 관계였다. 보통의 여행이었다면 거기서 끝이었고, 이곳을 떠나면 더이상 만날 일도 없을 것이었다.

여행의 길동무가 되었던 사람들은 지금까지도 많이 있었고 그녀도 분명 그런 사람들 중 하나일 거라고 생각했다. 그러나 이곳에서 생활하며 매일같이 만나게 되다 보니 그것만으로도 점점 가까워졌다. 어느새 히나호는 풍경의 일부가 아니게 되었고 나는 이 마을에서 그녀의 모습을 찾게 되었다. 그러니 그녀의 일상에 조금이라도 가까워지는 것은 대환영이었다.

조금 들뜬 마음으로 토요일을 기다렸다.

다음 날은 비가 내렸다.

날이 맑았다면 히나호와 함께 석양을 바라보고 있었을 것이다. 그러나 두꺼운 구름에 가려진 태양은 얼굴을 내밀 생각이 없어 보였다.

일기예보도 절망적이었다.

비가 오는 날은 히나호를 만날 수 없었다. 만날 이유가 없었기 때문이다.

내 감정이야 어찌 되었든 지금 우리는 그린플래시를

기다리는 동지에 지나지 않았다.

"비가 내리면 야영하기 힘들어지는데……."

텐트에는 플라이 시트라는 방수 시트를 덮어 두었기 때문에 비가 와도 괜찮았다. 다만 식사를 준비하거나 물을 끓일 때는 여러 가지로 불편한 점이 있었다.

이런 날은 텐트에 틀어박혀 있는 것도 괜찮다.

마침 가지고 있던 인스턴트식품으로 배고픔을 달래고 태블릿 PC로 전자책을 읽었다. 이 단말기 하나만 있으면 수백 권의 책을 읽을 수 있으니 상당히 편했다.

문득 예전에 읽었던 『녹색 광선』이라는 책이 생각났다. 그 책은 그린플래시를 다룬 연애 소설로, SF 소설의 대가 쥘 베른의 작품이었다.

"'자신과 타인의 마음을 읽을 수 있게 된다'라……."

이것은 이 소설 안에서 다루고 있는 그린플래시에 관한 전설이었다. 희귀한 현상에는 언제나 어떤 형태로든 이익이 결부되어 있다. 그린플래시를 보면 행복한 일이 생긴다는 말도 남쪽 섬의 전설인 듯했다.

일본에서는 어떨지 조사해 본 적도 있지만 이렇다 할 정보는 나오지 않았다.

그도 그럴 것이, 그린플래시는 하와이 같은 남쪽 섬이

서 자주 볼 수 있고 일본에서 관측된 사례는 매우 드물었기 때문이다. 관련된 전설조차 없을 만큼 보기 어려운 현상이었다.

그랬기 때문에 히나호가 가지고 있는 그 사진도 일본에서 촬영된 그린플래시로는 꽤 유명한 것이었고, 나에게도 소중한 한 장면이었다.

그리고 그 사진이 촬영된 장소가 바로 이곳이었다. 나도 그 사진을 따라 여기까지 온 것이었는데 설마 같은 목적을 가진 소녀가 여기에 있을 거라고는 생각지도 못했다.

"그냥 나 같은 괴짜일지도 몰라. 아니 어쩌면……."

'과거를 잊을 정도의 체험을 해 보고 싶어서' 같은 이유는 아니겠지… 하는 자조적인 생각을 하며 겨우 끓인 물로 커피를 내렸다.

커피의 쌉쌀한 맛이 비슷하게 쌉쌀했던 기억을 상기시켰다.

앞이 보이지 않는다는 불안감 탓에 즐거웠던 고등학교 시절의 모든 기억이 커피와 같은 흑갈색으로 변해가는 듯한 기분이 들었다.

다음 날인 토요일 오후, 약속한 장소에 히나호가 있었

다. 그리고 말했듯이 그녀의 친구도 함께였다.

"소마. 소개할게. 여기는 고등학교에서 만난 내 친구 사이바라 사키야. 아버지가 의사 선생님이라서 엄청 똑똑해."

"안녕하세요. 사이바라입니다."

"아, 마쓰자키 소마입니다. 잘 부탁해요."

사이바라 사키라는 소녀의 첫인상은 히나호와는 대조적으로, 붙임성이 좋다고 말하기는 어려웠지만 인상이 나쁘지는 않았다. 굳이 말하자면 얌전하고 조심스러운 친구인 듯했다.

흑발에 양 갈래로 땋은 머리를 하고 안경을 쓴 그 친구는 히나호보다 키가 조금 작았다. 반장이나 학생회 임원이라고 해도 너무 잘 어울릴 정도였다. (아니면 감시자일지도⋯⋯.)

나는 쓴웃음을 지었다.

사키는 아까부터 노골적으로 경계를 하는 눈빛을 띠며 나를 노려보고 있었다.

친한 친구에게 나쁜 사람이 접근하지 못하게 하려는 마음일 수도 있었고, 별안간 나타난 정체 모를 여행객을 경계하는 게 이해가 안 가는 건 아니었지만 저렇게 노골적인 의심의 시선은 조금은 거두어 주면 좋겠다는 생각이 들었다.

히나호는 그런 묘한 분위기 같은 건 신경 쓰지 않는 듯 앞서 걷기 시작했다. 좋은 카페가 있다고 해서 따라가 보기로 했다.

자연스럽게 나와 사키가 히나호의 뒤를 따라가게 됐는데 어쩐지 어색했다. 그렇다고 아무 말도 하지 않으면 그건 그것대로 분위기가 좋지 않다. 나도 원래 대화를 잘 이끌어 나가는 성격은 아니지만 여기선 내가 가장 연장자이기도 하니 용기를 내 보았다.

"어, 그… 사이바라는 히나호랑 친하니?"

"네. 그냥 같은 동네이기도 하고 히나호랑은…….'"

거기까지 말하고서 사키는 잠깐 멈췄다.

"히나호랑은 고등학교에서 만났는데… 어쩐지 마음이 잘 맞았어요."

"그렇구나. 친구란 좋은 거지."

나는 바로 몇 개월 전까지의 내 친구 관계를 떠올렸다. 그때는 정말로 재밌었고 그 녀석들과 평생 그렇게 즐겁게 함께할 거라고 생각했다.

그런데 고작 대학 입시에 실패했다는 것 하나로 그들과 나는 다른 곳에 자리하게 되었다. 위치가 달라진 것뿐인데 이렇게 쉽게 소원해지리라고는 그때는 생각하지 못했다.

히나호와 사키의 우정이 앞으로 어떻게 변해 갈지, 조금 삐뚤어진 의심이 들려던 차에 나는 황급히 고개를 저었다.

"왜 그러세요?"

"아니… 아무것도 아니야. 그냥 히나호는 친구가 많을 것 같아서."

"그렇지도 않아요."

"응?"

"조금 특이해서… 친하게 지내는 사람은 저 한 명 정도일 거예요. 학교에서 다른 사람과 이야기하는 일도 별로 없고요."

"그래?"

나는 사키의 입에서 나온 뜻밖의 말에 놀랐다. 내가 아는 히나호는 밝고 사교적인 편이었고, 꼬투리를 잡는 경향이 조금 있긴 하지만 함께 있으면 편안했다. 그래서 당연히 친구들이 많을 줄 알았는데…….

무표정으로 이야기하는 사키는 히나호와는 대조적으로 보였다.

"다 왔어! 이 카페 테라스에서 바다가 보이는데 요즘 같은 계절에 특히 분위기가 좋아!"

이야기를 하다 보니 목적지에 도착했다. 나무 갑판 위로 테이블이 늘어선, 실로 관광지 같은 카페였다.

관광지라고는 해도 이 지역의 메인은 온천이기 때문에 카페는 생각보다 붐비지도 않았고 적당히 활기를 띤 모습이었다.

각자 마실 것을 주문한 뒤 우리는 야외 테라스 한쪽에 자리를 잡았다.

"자, 그럼 다시 한번 자기소개를 해 볼까? 나는 미사키 히나호. 고등학교 2학년이야. 이건 오늘 처음 말한 것 같은데?"

"처음 들어!"

고등학생이겠거니 싶긴 했지만 정확한 나이를 듣는 건 처음이었다. 그렇다면 18살이라는 소리다.

"사이바라 사키입니다. 히나호와는 같은 고등학교, 같은 반이에요. 히나호가 이런 성격이라 불안해서 제가 직접 당신을 만나 봐야겠다고 생각했어요."

역시나 감시자였다.

"사키, 너무해!"

"뭐, 이게 내 역할이라 어쩔 수 없어."

티격태격하긴 했지만 둘의 사이가 좋다는 것쯤은 오늘 처음 보는 나도 알 수 있었다. 특히 히나호를 대하는 사키의 분위기는 나를 대할 때와는 확연히 달랐다.

둘이 티격태격하는 걸 멈출 때까지 기다렸다가 나도 자기소개를 했다.

"나는 마쓰자키 소마. 음… 말하자면 재수생이고 여행객이지. 당분간은 이 마을에 머물 생각이야."

처음에는 재수생이라는 단어에 거부감이 있었다. 그러나 나의 신분을 나타내기에 이만한 단어도 없는 것 같았다.

그렇게 생각하니 학생이라는 신분은 대단히 안정되고, 자랑스럽고, 편하다는 생각마저 들었다. '재수생'은 미래에 대한 보증도 현재에 대한 안정감도 없고, 그저 내가 아무것도 아니라는 것을 확인시켜 줄 뿐이었다.

"재수생도 재수생 나름일 텐데요, 나이가 어떻게 되세요?"

사키가 물었다. 그랬다. 확실히 '재수생'은 '고등학교 2학년'보다 연령을 특정하기 어려웠다. 대학 입시를 언제 봤는지에 따라 나이는 천차만별일 테니까.

"올해 고등학교를 졸업했으니까, 나이로 따지면 너희

와 2살 차이겠네. 거의 비슷해."

"그렇군요. 내년에는 저희도 수험생이니까 남의 일 같지 않네요."

"아, 사키! 그런 짜증나는 이야기를 하려고 온 게 아니라구!"

"너도 같은 상황이잖아! 진로는 정한 거야?"

"아니……."

"빨리 정하는 게 좋아. 나도 마찬가지지만."

"너는 이과로 가는 거 아니었어? 의대는?"

"아니야, 나도 그건 아직… 결정하진 않았어."

사키의 대답이 조금 모호했다.

"사키는 나와 달리 성적도 좋아서 어디든 갈 수 있잖아?"

"그렇지! 어디든 갈 수 있어서 아직 못 정한 거야."

"우이씨, 열받아!"

장난치는 두 여고생을 바라보고 있자니 나도 모르게 반년 전이 그리워졌다.

대학 입시 결과가 나오기 전까지 나는 설마 내가 대학에 떨어지리라고는 생각지도 못했다. 성적도 나쁘지 않았고 모의고사는 거의 1등급, 망쳐도 2등급 밑으로는 나온 적이 없었는데 지금은 이런 꼴이라니. 대학 입시에 '무조

건'이라는 건 없다고 생각하면서도 나 역시 사키처럼 자신만만했었다.

"자! 오늘의 주제는… 모처럼이니까 그린플래시입니다! 너무 좋다! 이런 대화를 카페에서 나눌 수 있는 날이 오다니!"

히나호 혼자 신이 났다.

"아, 매일 해안가에 앉아서 멍 때리고 있는 여고생이라고 히나호 요즘 유명하던데? 너무 특이해서 엄청 귀여운데도 남자들이 다가오지 않는다고."

"사키한테도 다가오지 않잖아!"

"나는 거절하는 거야."

"거짓말! 나는 그런 얘기 들은 적 없는데?"

그린플래시와는 전혀 상관없는 이야기였지만 여고생들의 장난은 그런대로 재밌었다.

"아, 미안, 음… 소마는 언제부터 그린플래시를 알았어?"

매일같이 함께 해안가에 앉아서 석양을 보는 사이였지만, 그러고 보니 이런 이야기를 나눈 적은 없었다. 항상 눈앞의 현상을 보며 일희일비하는 것이 고작이었으니까.

"언제부터? 글쎄… 정확히 기억은 안 나지만 꽤 어렸을 때부터였을 거야. 초등학생 정도였을 때 사진으로 처음 봤는데, 아마 그때부터였던 것 같아."

그랬을 것이다. 어린 시절의 기억이란 꽤나 모호한 것이어서 보고 들었다고 해도 거의 다 잊어버린다. 누구든지 그럴 것이다.

"그렇구나. 그럼 나보다 대선배네. 나는 고등학생이 되고 나서부터야."

"그렇다는 건… 요 1년 사이?"

"응. 나도 계기는 사진이었어. 전에 보여줬던 그 사진. 그게 이곳에서 찍은 사진이라는 걸 알고 나서부터 너무 보고 싶어졌어. 그때 내가 해 준 귀신 이야기 기억해? 그 사건 이후부터였을 거야."

"알 것 같아."

아직 하나호에겐 말하지 않았지만 나 역시 히나호와 같은 목적으로 이곳을 찾았다. 그러니 그 사진에 대해서도 이미 알고 있었다.

다만 내가 그린플래시를 보고 싶어 하는 이유는 그녀와 조금 다를지도 모르겠다.

"히나호, 귀신 이야기 했구나."

"응. 했는데?"

"그래…?"

사키가 그 부분에 반응을 보였다. 무표정 그대로 살짝 얼굴이 어두워진 것처럼 보였지만 그것도 한순간이었고 화제는 금방 바뀌었다.

　"요즘 같은 시기에는 봄 안개도 있고… 그린플래시를 보기에는 어려운 조건일 것 같아요."

　아까 이과로 진학할 거냐는 말을 들었던 만큼 사키에게는 그런 지식도 있는 것 같았다.

　"그린플래시는 투명도가 높고 상공과 지상의 온도 차가 있는 편이 나타날 확률이 높을 거예요. 그리고 관찰자의 위치와 수평선, 지평선과의 고저 차이 같은 것도 영향을 미치니까 산 위 같은 곳에서 보는 편이 더 좋을 것 같은데 히나호는 꼭 거기서 봐야겠다며 제 말을 듣지를 않아요."

　"굉장히 자세히 알고 있네."

　"네. 궁금한 건 바로 알아보는 성격이라서요. 히나호가 성가시게 하기도 하고… 저는 히나호가 꼭 봤으면 해서 말해 주는 거예요."

　"거기서 보는 게 의미가 있는 거라구."

　"그렇지 않아도 보기가 힘든데, 꼭 거기서 보겠다니 그거야말로 기적이나 마찬가지야. 알아?"

"알고 있어! 그래도 계속 바라면 꿈은 이루어진다고 했어!"

"그랬으면 좋겠네."

사키는 변함없이 긍정적인 히나호를 향해 한숨을 내쉬며 차갑게 받아쳤다. 곁에서 보고 있으니 극과 극의 콤비 같았는데, 오히려 성격이 정반대여서 이들이 친한 건지도 몰랐다.

"장소에 집착하는 것도 이해는 가."

나는 히나호를 위해 지원 사격을 시작했다.

"그 사진, 그린플래시를 찍은 것 중에서는 꽤 유명한 사진이기도 하고… 감명을 받았다면 그 모습을 찍은 곳에서 보고 싶을 법도 하지. 무엇보다 그곳이 자기가 살고 있는 지역이라면 더더욱."

"맞아! 매일 그곳에서 도전하는 게 의미가 있는 거야."

기세가 당당해진 히나호가 내 말에 동의했다.

나는 그린플래시라는 현상에 이렇게까지 관심이 많은 사람을 알지 못했다.

물론 그린플래시 사진이 제법 찍히는 것으로 보아 그 현상을 찍으려는 사람들이 있다는 것은 알았지만, 내 주변에서 본 적은 처음이었다.

"히나호… 너는 왜 그린플래시가 보고 싶은 거야? 아무리 동네라고 해도 매일 같은 장소에서 기다릴 정도의 열정이라니. 사진에 감명을 받았다는 이유뿐만은 아니지?"

나는 과거를 전부 덮어버리고 싶었다. 그 사진을 찍은 장소에서 그린플래시를 보는 것은 내 나름대로 의미가 있었다. 나만의 어떤 의식처럼, 그것이 성공한다면 앞으로 나아갈 수도 있을 것 같았기 때문에 이곳에 온 것이었다. 다만 그것이 '기적과도 같은 일'이라는 것은 사키의 말이 맞았다. 그랬기 때문에 '어차피 볼 리도 없으니 난 앞으로 계속 이렇게 살거야!' 같은 암묵적인 변명이 그 안에 숨어 있던 것이다.

그렇다면 그녀는 어떨까.

질문을 들은 히나호는 잠시 동안 침묵했다. 그러고는 조용히 입을 열었다.

"기적을… 보고 싶어서."

"아…….."

지금 이 자리에 있는 사람은 조금 전까지의 히나호와 다른 사람인 듯했다. 저 멀리 있는 무언가를 바라 마지않는 간절한 소망이 담긴 눈동자와, 미소를 짓고 있지만 어딘지 모르게 쓸쓸함이 느껴지는 입가.

'기적은 일어나지 않아.' 모두가 그렇게 생각하지만 그럼에도 기적을 바라는 사람들은 적잖이 존재했다. 그런 일은 좀처럼 일어나지 않는다는 것을 모두가 알고 있는데도 말이다.

아마도 그런 사람들 중 대부분은 너무나 원하고 갈망해도 닿을 수 없는 무언가를 소망하는 사람일 거라고 생각했다. 그런 기적을 바라는 사람과 마주한다면, 나의 바람 같은 건 아무것도 아닌 것처럼 느껴질 것이다. 조금 기세가 꺾이는 기분이었다.

히나호가 떠안고 있는 것 또한 나의 소망 따위는 하찮게 느껴질 정도의 것이 아닐까. 그렇게 느낄 만큼 쓸쓸한 미소였다.

"소마? 왜 그래?"

히나호가 보인 그 찰나의 표정에 잠시 넋을 잃은 나는, 의아한 표정으로 나를 바라보는 그녀의 말에 정신이 번쩍 들었다.

"아, 아니야. 볼 수 있으면 좋겠다. 기적 말이야."

"사실 기적 같은 건 없어요. 있다면 필연이겠죠. 조건이 갖춰지면 볼 수 있는 거고, 그렇지 않으면 어떻게 해도 볼 수가 없는 거예요."

사키가 틈을 놓치지 않고 자신의 논리를 펼쳤다.

"꿈이 없네, 사키!"

"나는 혹독한 현실을 받아들이며 살고 있을 뿐이야. 지금까지 내 인생에서 기적 같은 건 없었는 걸……."

사키는 별 일 아니라는 듯이 히나호의 비난을 받아넘겼지만 작게 말끝을 흐렸다.

"그래. 기적 같은 건 일어나지 않아."

살짝 시선을 떨어뜨리며 사키가 다시 한 번 말했다.

"미안해 소마. 사키는 항상 이런 식이야. 그렇지만… 나는 그래서 더 그 기적을 보고 싶어. 이제는 나도 오기야."

히나호는 주먹을 꽉 움켜쥐며 선언하듯 말했다.

히나호가 바라는 기적은 어쩐지 사키와도 관계가 있는 듯 보였지만 지금은 그 부분을 파고들지 않기로 했다.

잠시나마 두 사람이 옥신각신하는 모습을 보며 받은 인상을 말하자면, 히나호는 낙천적이고 사키는 현실적인 것 같았다. 다만 의견이 엇갈리더라도 분위기가 험악해지는 일 없이 마음을 터놓을 수 있는 친구 사이 같았다.

"있잖아, 소마는 그린플래시가 왜 보고 싶은 거야?"

히나호가 갑자기 질문을 던졌다. 내가 그녀에게 물었으니 당연히 나에게도 물어보겠지 생각했지만, 그럼에도 그에 대한 대답을 제대로 표현하기 힘들었다.

"음… 나는 과거를 지우고 다시 쓰고 싶어. 재수생이 되고 나서야 알게 된 것들이 있거든. 친구들도 점점 사라지고, 미래도 보이지 않고… 어쩐지 지금까지 이뤄 온 것들이 조금 허무하게 느껴지더라고."

"과거를 지우고 싶다니… 그건 너무 슬프지 않아요?"

내가 대답을 마치자, 사키가 지금까지와는 전혀 다른 목소리로 반응을 보였다. 공기마저 떨리는 것 같았다.

"그, 그런가? 그런 것 같기도 하고……."

그 기세에 눌려 나도 모르게 방어적으로 답했다. 2살 어린 동생이 내뿜는 위압감에 위축이 되었다.

"사키, 또 무섭게 군다. 미안해 소마. 얘가 가끔 무섭게 굴 때가 있거든. 그래도 나쁜 의도는 없을 거야, 아마도."

"너는 정말, 휴… 됐어."

히나호가 중재에 나섰고 사키는 어깨를 위아래로 크게 움직이며 한숨을 내쉬었다.

나는 지뢰를 밟았다는 것을 눈치챘다.

지금껏 여러 사람과의 대화를 통해 경험했던 것이다. 분위기로 알 수 있었다. 하지만 무엇이 지뢰였는지는 알 수 없었다. '과거'였을까.

세상에는 한 명 한 명, 사람 수만큼의 생각과 인생, 과거와 미래가 있다.

내가 걸어온 길, 이를 테면 대학 입시 실패라는 결과는 아직 이 두 사람에게는 미지의 영역이었고 그 고통을 나눌 수도 없었다.

그리고 마찬가지로 이 두 사람이 가진 생각과 경험, 문제들을 공유하기에 나는 그들과 알고 지낸 시간이 아직 부족했다. 그래서 발을 들여놓을 수도 없었고 그럴 마음도 없었다.

"오늘은 안 되겠네."

히나호가 하늘을 올려다보았다.

오늘 날씨는 좋았다. 하지만 구름이 많았다. 구름이 많은 날에는 대기의 투명도가 낮고 그렇게 되면 저무는 태양은 붉은빛이 증가한다. 그러나 파장이 긴 붉은빛과 달리 초록빛은 파장이 짧다.

즉, 석양이 아름다운 날에는 파장이 짧은 초록빛이 파장이 긴 붉은빛에 묻혀 보이지 않게 되는 것이다.

"그래도 이따가 가 볼 거잖아?"

사키가 반은 질린 듯한 얼굴로 말했다.

"비만 오지 않는다면 갈 거야. 구름 사이로 보일지도

모르잖아."

"그건 엄청난 집념인데⋯⋯."

나도 모르게 그런 말이 튀어나왔다. 아무리 동네라지만 이 정도로 매일 다니는 것은 이제 집념이라고 봐도 무방했다.

쾌활한 미소를 지으면서도 그 안에 강한 의지가 깃들어 있는 미사키 히나호라는 소녀에게 나는 분명히 끌리고 있었다.

날이 갈수록 내 마음속에 히나호의 자리가 커지는 것을 느꼈다. 아직 사랑이라고 말할 수는 없지만, 적어도 히나호라는 사람이 무척이나 신경 쓰였다.

그날은 적당히 재미있었고 우리는 적당한 선에서 파했다.

"비가 안 오면 이따 다시 만나."

그렇게 말하고 헤어졌지만 날씨는 오후가 되어도 개지 않았고 오히려 비가 억수같이 쏟아지기 시작했다. 혹시나 하는 마음에 저녁때 바닷가로 나가 보았지만, 히나호의 모습은 보이지 않았다. 나는 그녀의 그림자를 찾으며 아무도 없는 바닷가를 한동안 바라보았다.

카페에서 만난 날로부터 이틀 뒤인 월요일. 어제도 비가 내렸는데 오늘도 비가 올 것처럼 흐린 날씨였다. 오늘도 비가 온다면 히나호는 바닷가에 나타나지 않을 것이다. 그녀의 집은 알고 있었지만 찾아가는 건 꺼려지기도 했고 그럴만한 구실도 없어서 그저 가끔씩 바닷가를 살피러 나갈 뿐이었다.

정신을 차리고 보니, 나는 그녀가 있을 리 없는 시간에도 언제나 풍경 속에서 그녀의 모습을 찾고 있었다.

"큰일이네."

'반한 건가…' 스스로에게 물었다.

우리는 같은 목적을 가지고 있었고, 맑은 날뿐이라고는 하지만 사실 거의 매일 만났다. 그것만으로도 충분히 가까워졌고 설레는 것도 사실이었다. 나는 히나호라는 아이가 신경 쓰였다. 그 사실만이 내 마음을 채우기 시작했다.

비가 오는 날에는 그녀가 오지 않았다. 그린플래시는 고사하고 태양조차 찾아보기 힘든 날에 비를 맞으며 바닷가에 서 있을 이유는 없을 테니 당연한 것이었다.

그런데도 나는 이 바닷가에서 그녀의 그림자를 찾게 되었다. 고작 어제 하루 못 만났을 뿐인데…….

"정말 큰일이네."

다시 한번 같은 말을 중얼거릴 정도로 어찌할 바를 몰랐다. 그렇다고 그린플래시가 아닌 다른 접점을 찾아 그녀의 집까지 찾아갈 용기도, 행동력도 없었다. 나 스스로도 내가 어떻게 하고 싶은지 도무지 알 수 없었다.

나는 하늘을 올려다보았다. 오늘도 간간히 비가 내렸고 하늘은 금방이라도 크게 울 것 같았다. 구름이 잔뜩 끼어서 태양은 나타날 기미도 보이지 않았다.

"비만 안 오면 온다고 했는데."

하지만 확실하지는 않았다. 날이 맑더라도 몸 상태가 안 좋을 수도 있으니.

그런 생각들을 하며 또다시 바닷가로 발걸음을 향했다.

저녁이 다가오는 평일 오후. 날씨도 나빠지고 태양도 자취를 감추자 바닷가로 향하는 길에는 아무도 없었다.

"없구나."

여느 때와 같은 장소에 그녀의 모습은 보이지 않았다. 그러나 어쩔 수 없는 일이었고 내일은 날씨도 나아질 테니 캠핑장으로 돌아가 밥이나 지어 볼까 하고 발걸음을 돌린 순간, 그곳에 사람이 있었다.

"으악!"

"안녕하세요."

등 뒤에 아무런 기척도 없이 사람이 서 있어 깜짝 놀랐다. 다시 자세히 살펴보니 사키였다.

"사이바라…? 깜짝 놀랐잖아."

"겨우 찾았어요. 어딘가에 텐트를 쳐 뒀다는 건 히나호한테 들었는데, 그렇다고 이 근방에 있는 캠핑장을 전부 다 돌 수는 없어서요. 히나호도 연락처를 모른다고 하고… 어휴."

"나를 찾고 있었던 거야?"

"네, 이대로라면 성가신 일이 생길 것 같아서요."

"성가신 일?"

"아, 아니요. 그냥 제 일이에요. 히나호는 카페에 있으니 따라오세요."

"아… 그래."

도대체 무슨 일인지는 잘 모르겠지만 타이밍이 아주 좋았다. 얼마 가지 않아서 일전에 갔던 그 카페가 보였고, 히나호는 야외 테라스에 앉아 손을 흔들고 있었다.

"헤이! 소마, 오랜만이야."

"안녕, 히나호."

꼬박 이틀 만이었다. 고작 이틀 못 봤을 뿐인데 꽤 오래된 것 같았다. 일기예보에 따르면 내일은 날씨가 맑을

예정이어서 초조해하지 않아도 내일이면 만났을 텐데 히나호를 보자 왠지 모르게 안심이 되었다.

"날씨가 안 좋네. 오늘도 태양이 안 보일 것 같아서 집에 있으려고 했는데 사키에게 끌려 나왔어."

"그렇구나."

"내일은 여러 가지로 곤란해서."

사키가 말했다.

수상쩍은 거동으로 대답하는 나를 무시하는 사키는 여전히 표정이 없었다.

"내일? 내일 무슨 일 있어?"

"됐어. 내 일이니까."

히나호의 질문에도 쌀쌀맞았다. 역시 사키의 상태가 이상했다. 아까도 나에게 비슷한 말을 했는데 '내 일'이란 무엇일까.

그런데 히나호는 신경 쓰지 않는 것 같았다. 어쩌면 내 입장에서는 이상하게 보이지만 둘에게는 자주 있는 일일지도 몰랐고, 굳이 캐물을 만한 일도 아닌 것 같았다.

이렇게 셋이 만나는 것은 이번이 두 번째다.

얼마 전 처음으로 셋이 만났을 때는 느끼지 못했지만 히나호와 사키의 관계는 내가 알고 있는 여자애들의 관계와는 사뭇 분위기가 달랐다.

히나호는 여느 때와 다름없었지만 사키는 오늘따라 히나호의 말과 행동에 민감하게 반응하고 있는 듯한 기분마저 들었다. 거기까지 생각하다 마음속으로 다시 한번 냉정해지자고 자신을 타일렀다.

'아니야. 괜히 지나친 생각 말자. 게다가 나는 아직 이 두 사람에 대해 잘 몰라.'

지금의 나는 다른 사람에게 신경 쓸 여유가 없었다. 괜히 발을 들여놓아 귀찮은 사정이라도 알게 된다면 그야말로 돌이킬 수 없다.

이곳에 온 이유는 오직 나를 위해서였고 원래대로라면 누군가와 엮일 생각도, 그럴 마음도 없었기 때문이다.

다만 그래서 지금 이 상황이 싫으냐 묻는다면 그렇지는 않았다. 히나호가 신경 쓰인다는 점 하나는 부정할 수 없는 사실이었기 때문이다. 그것이 이성에 대한 관심인지 아니면 그것과는 별개의 관심인지 그건 나조차도 정확히 알지 못했지만.

"있잖아… 소마."

"응? 왜, 왜 그래?"

느닷없이 내 이름이 불려 나는 손에 들고 있던 컵을 떨어뜨릴 뻔했다.

"그린플래시 말이야. 특별히 더 잘 보이는 곳도 있잖아."

"아… 물론 있지. 이 근처라면 후쿠이 현 해안가 쪽에서도 볼 수 있는 것 같고, 오키나와나 이시가키 섬 근처까지 간다면 보게 될 확률이 더 높을 거야."

기상 조건이 갖춰지기 쉬운 장소는 분명히 있었다. 그래서 사진 촬영을 업으로 하는 사람들은 그런 명소를 자주 찾거나 아예 그곳에 머무르며 찰나의 순간을 노리는 모양이었다. 그러나 그린플래시 자체가 희귀한 자연현상인 만큼 그렇게 한다고 해서 사진을 쉽게 찍을 수 있는 건 아니었다.

"여기가 명소가 될 수는 없는 걸까? 이렇게나 멋진 사진이 찍힌 곳인데."

히나호는 또다시 품에서 그 사진을 꺼내 바라보았다.

"혼슈*만 두고 생각한다면 그린플래시가 찍힌 곳은 대부분 북서쪽 해안가니까 기회는 있을 거야. 그 사진도 여기서 찍은 거니까 가능성이 아주 없는 건 아니지. 나도 그

---

* 일본 열도에서 가장 큰 섬.

렇게 생각해서 여기까지 온 거고."

"그렇지? 그런데 소마는 왜 하필 이곳을 선택한 거야? 이 근방이라면 아까 말했던 후쿠이 현도 좋았을 텐데……."

"아, 그건……."

말문이 막혔다. 물론 이 지역을 선택한 이유는 있었다. 다만 어쩐지 말하기가 어려웠다.

히나호가 저 사진에 대해 모르고, 그린플래시를 좇지 않았다면 몰라도…….

"말하자면 소마 씨도 나름의 이유가 있다는 거네요. 너무 파고들면 안 될 것 같아, 히나호."

"…그래. 모두들 자기만의 사정이라는 게 있는 거니까. 맞아, 그린플래시를 추구하는 동료라는 것만으로 충분해."

히나호는 "음…" 하고 기지개를 켰고 '이 이야기는 여기까지'라는 듯한 분위기가 되었다.

"그러고 보니 말이야."

갑자기 히나호가 이야기의 방향을 바꾸었다.

"버섯전골! 먹어 보고 싶어!"

"응?"

"저번에 소마가 처음 해안가에서 만났을 때 말했잖아? 직접 채집한 버섯으로 전골을 만든 적이 있다고. 그런 거

조금 동경했거든."

"아, 그럼… 먹어 볼래?"

"정말?"

히나호의 기분이 좋아졌다. 산으로 가 보면 버섯은 뭐든 발견할 수 있을 것이다.

"버섯은 가을에 채집하는 것 아닌가요?"

"대부분 그렇게 알고 있지만 봄에 채집하기도 해. 지금이라면 봄 표고버섯, 방패외대버섯, 곰보버섯 같은 것들은 먹을 수 있을 거야."

사키의 말에 내가 대답했다. 분명 일반적으로 버섯은 가을에 맛이 좋을 거라 생각하지만 그건 아마도 송이버섯이 만들어 낸 이미지일 테고, 사실 산에서는 봄, 여름, 가을, 겨울 할 것 없이 모든 계절에 다양한 버섯들이 자란다.

"우와! 자세히 알고 있네. 대단하다. 곰보버섯, 이건 조금 징그러운데? 맛없을 것 같아."

히나호는 핸드폰을 꺼내 바로 검색을 해 본 모양이었다. 그녀는 곰보버섯의 사진을 보고 눈썹을 찡그렸다.

"일본에서는 그다지 식용으로 사용하지는 않는데, 해외에서는 말려서 스프 같은 데 넣어 먹는 게 인기인가 봐. 찾아보면 이 주변 산에도 꽤 있을 거야."

이 일대는 산이며 바다에 자연 식재료가 풍부했다. 산으로 조금만 들어가면 봄 버섯들 정도는 찾을 수 있을 것이다.

해안가에서 캠핑만 하는 것이 슬슬 지루해지려던 참이었다. 게다가 전에 사키가 말한 대로 그린플래시는 높은 곳에서 보는 편이 가능성이 더 높았다. 어쩌면 산 위쪽에 좋은 장소가 있을지도 모른다.

히나호는 그 해안에서 보는 것에 집착하는 듯했지만, 이런 자연현상은 관측하는 장소의 영향을 많이 받는 편이라 산 위에서는 보이는 것이 해안에서는 보이지 않는 경우도 있을 수 있었다.

그린플래시를 보는 것에만 초점을 맞춘다면, 다른 좋은 장소를 찾아 두는 것도 하나의 선택지가 될 수 있을지도 모른다.

그리고 어쩐지 히나호에게 버섯전골을 맛보게 해 주고 싶어졌다. '히나호가 기뻐하는 모습을 보고 싶다'는 단순한 생각이 나를 움직이도록 부추기고 있었다.

"그럼 내일 산에 올라가 볼까……."

"버섯 따와 주는 거야?"

"응. 근데 며칠 시간이 필요할 거야. 당분간 바닷가에는 가지 못할 수도 있지만 맛있는 놈들로 따와 볼게."

"와, 기대된다!"

히나호는 두 손을 모으며 눈동자를 반짝였다. 한편, 사키는 여느 때처럼 무표정한 얼굴로 나에게 물었다.

"아침에 출발하실 건가요?"

"어, 그렇지. 높지 않은 산이어도 산에서는 오전 중에, 아무리 늦어도 이른 오후 안에는 채집을 마치는 게 안전하거든. 첫날은 일단 야영할 만한 장소를 찾고, 본격적으로 버섯을 채취하는 건 이틀째부터일 거야."

"그렇군요. 그럼 이 주변에 있는 산이 좋을 것 같아요. 예전에 아버지와 버섯을 따러 간 적이 있어요. 가을이었지만. 등산로 입구는 이쪽이에요. 오전 6시부터 열 거예요. 해가 지면 등산로 울타리 문을 닫으니까 시간을 잘 보고 내려오셔야 해요."

사키가 인터넷으로 이 주변 지도를 보여 주며 설명해 주었다. 생각지도 못했던 곳에서 정보를 얻었다.

"오, 고마워. 동네 주민들의 정보는 큰 도움이 되거든."

"사키, 고마워. 소마, 버섯전골 말인데 사키랑 같이 먹어도 될까?"

"그럼, 당연하지. 정보를 제공해 준 고마운 사람인데."

"아니요. 방해가 된다면 저는 사양할게요."

"아, 정말! 그런 거 아니야! 그리고 사양하는 건 소마한 테도 실례야!"

나는 "아니요, 실례 아닙니다!"라고 말하려다가 얼른 거둬들였다.

아무래도 그러면 분위기가 썰렁해질 것 같기도 했고 사키에게도 예의가 아닌 것 같았다.

맛있는 버섯을 따 오겠다는 약속을 남기고 나는 먼저 돌아가기로 했다.

내일 아침 일찍 산에 들어가려면 준비해야 할 것들이 제법 있었다. 산속에는 깨끗하게 정비된 캠핑장이 없을 테니 물도 필요할 것이었다.

"오랜만이네. 이런 기분."

뭔가를 하고 싶다는 의욕이 샘솟기 시작했다. 대학에 떨어진 그날 이후 걸핏하면 무기력에 빠졌던 내가 오랜만에 하는 적극적인 행동이었다. 조금 두근거리기까지 했다.

이른 아침. 아직 쌀쌀한 기운이 남아 있는 시간에 나는 사키가 알려 준 등산로 입구에 도착해 있었다.

"너무 빨리 왔나?"

그곳에는 사키가 말해 준 대로 울타리 문이 있었고 아직 잠긴 상태였다. 6시에는 연다고 했으니 이제 슬슬 열 시간이 되었다.

"누가 열어 주러 오는 건가?"

그 말은 곧 이곳이 사유지일지도 모른다는 것이다.

"가르쳐 줘서 오긴 했는데, 정말 여기서 버섯을 따도 괜찮으려나…….'

"괜찮아요. 우리 산이니까."

"으악!"

"놀라지 마세요. 문 열어 주러 온 거예요."

목소리가 들린 쪽에 서 있는 건, 교복 차림의 사키였다. 등교하기에는 이른 시간이 아닌가 싶은데 시골이라 학교가 조금 멀 수도 있을 것 같았다.

"네가 이 산의 주인이라고? 그건 좀 놀라운데."

"제 건 아니고 아버지 것이지만요. 여기서는 드문 일도 아니예요. 조상 대대로 작은 산이나 밭을 가지고 있는 분들이 많은데 이 산도 그런 경우 중 하나예요. 나름대로 관리를 하긴 하는데 대충 한 곳도 있으니까 안전에 주의하시고요. 캠핑은 아무데서나 해도 괜찮은데 불만큼은 주의해 주셔야 해요."

"알겠어. 아마추어 캠퍼는 아니니까 그 부분은 충분히 숙지하고 있어."

"감사해요. 그리고 한 가지 더 약속해 주셨으면 하는 게 있어요."

여느 때처럼 무표정인 사키였지만, 이때만큼은 눈빛이 진지해 보였다.

"뭔데? 버섯도 딸 수 있게 해 줬으니 알려 주면 꼭 지킬게."

야외 활동에는 여러 가지 규칙들이 있는 법이고 더군다나 사유지인 산이라면 나름의 규정들이 있을 것이다. 그야말로 '출입 금지 구역' 같은 주의 사항이 있을 수도 있고, 만약 그런 곳이 있다면 들어가지 않겠다고 약속하는 것이 당연했다.

그런데 사키의 입에서 나온 말은, 나뿐 아니라 어느 누구라도 예상할 수 없는 말이었다.

"반드시, 내일 저녁까지는, 히나호의 얼굴을 보러 와 주세요. 비가 온다면 카페로 데려갈게요. 꼭 지켜 주세요."

"그게 무슨 말이야? 어차피 버섯을 따고 내일 히나호한테 갈 생각이긴 했는데……."

"그러니까… 그걸 내일 저녁까지는 꼭 부탁드려요. 혹

시 버섯을 따지 못 하더라도 일단 돌아와 주세요. 그렇지
않으면…….”

거기서 일단 말을 끊었다. 사키는 주저하는 것처럼 보
였다.

“그렇지 않으면… 히나호한테 살해당해도 난 몰라요.”

“뭐라고…?”

그 말만 남긴 채 문을 열어 준 사키는 내 대답은 듣지
도 않고 빠른 걸음으로 가버리고 말았다.

“살해당해…? 무슨 말을 하는 거야?”

순간 적잖이 당황스러웠다.

“그런 일이 일어날 리 없잖아.”

일말의 음산함을 느끼며 사키가 간 방향을 한동안 멍
하니 바라보았다.

시작부터 이상한 말을 듣긴 했지만, 일단 산에 들어가
니 그런 말은 생각나지 않았다.

“좋은 산인데.”

관리를 잘해 왔다는 걸 한눈에 알 수 있었다. 사유지라
안내 표지판 같은 건 없었지만, 이곳을 자주 드나드는지
자연스럽게 길이 나 있었고 사람이 지나다닌 그 흔적이
나를 이끌었다.

낮은 산이라고 방심하다 조난을 당하는 경우도 많다. 기사화된 사례는 많지 않지만 국내 조난 사례만 봐도 낮은 산에서 그런 일을 당하는 비율은 상당히 높았다.

나 역시 신중하게 길을 찾기 위해 나름대로 장비도 챙겨 왔는데, 기우였다.

지도를 보니 해발 200미터 정도 될까. 몇 시간 걸으니 정상에 닿을 수 있었다.

"음… 바다도 보이고 좋은데?"

산 정상에는 조금 트여서 야영지로 삼기에 안성맞춤인 곳이 있었다. 높은 산이라면 강풍에 날릴 위험이 있지만 이 정도의 산이라면 문제는 없어 보였다.

바람막이가 되어줄 나무들 사이에 텐트를 설치한 후 부피가 큰 장비들은 텐트 안에 둔 채 드디어 버섯 채집에 나섰다.

올라오던 중에 괜찮아 보이는 곳이 있어 눈여겨봐 두기도 했고, 멀리서 봐도 보일 정도로 버섯들이 많았다.

"오! 자연산 팽나무버섯? 엄청나잖아. 이 녀석은 독청버섯아재비인가? 저기는 잿빛만가닥버섯까지…! 이건 거의 재배하는 수준인데?"

좋은 산의 경우 버섯 종균을 뿌려 두면 저절로 군생해

자연스럽게 약간의 비상식량이 되기도 하는데 어쩌면 이 산도 그런 곳일지 몰랐다.

"음, 독이 있는 것들도 조금씩 있군. 그렇다 치더라도 이건 버섯 산이라고 해도 될 정도인데? 설마 죽순 산도 가지고 있는 건 아니겠지?"

사키는 살가워 보이지 않을 뿐이지, 가족이 이런 산을 가지고 있다고 직접 소개까지 해 준 것을 보면 꽤나 섬세한 아이라는 생각이 들었다.

그러다 문득 그녀가 했던 말이 머릿속에 되살아났다.

"히나호한테 살해당해도 난 몰라요."

"뭐야, 대체……."

신경 쓰지 않는 게 불가능할 만큼 자극적인 한마디였다. 그리고 히나호가 풍기는 분위기와 가장 동떨어진 말이었다. 혹시 친구인 사키만 알고 있는 히나호의 격한 모습이 있는 걸까.

나와 히나호의 관계를 말하자면… 아직 만난 지 얼마 되지 않았고, 그린플래시라는 특별한 공통점이 있긴 했지만 아직 심리적으로도 물리적으로도 가깝다고 할 수는 없었다. 좀더 가까워지길 바라는 마음에서 시작한 버섯 채집이기도 했는데 그 마음에 찬물이 끼얹어진 기분이었다.

버섯을 적당히 따고 나니 어느덧 날이 어두워졌다. 사키가 말한 대로라면 내일 저녁에는 바닷가로 돌아가야 했기 때문에 산에서 자는 건 오늘이 유일한 날이었다.

"석양 참 아름답네."

산 정상에서 바다 쪽을 바라보니 태양이 저물고 있었다.

오늘은 하늘이 붉어 그린플래시를 볼 가능성은 낮을 것 같지만, 그럼에도 저물어 가는 태양이 수평선 아래로 자취를 감출 때까지 계속 바라보았다.

"히나호는 오늘도 저기에 앉아 있겠지?"

석양빛 아래서 히나호를 만나지 않는 것이 어색하게 느껴질 정도로, 노을빛 색감과 히나호의 실루엣이 내 기억속에 새겨져 있었다.

"곰보버섯은 없네……."

연습 삼아 땄던 버섯은 어젯밤 저녁 식사가 되었다. 다 맛있어서 히나호에게 요리를 해 주는데 문제는 없을 것 같았지만, 노리고 있던 버섯은 단 하나도 보이지 않았다.

히나호가 맛 없을 것 같다고 했던 버섯이었기에 더더

욱 그걸로 맛있는 요리를 해 주고 싶었는데… 의외로 보이지 않았다.

식용이 가능하다고 하지만 마트에서 쉽게 볼 수 있는 식재료는 아니었다. 이 산이 어느 정도 종균에 의한 버섯 재배를 하고 있다 해도 그 목록에 곰보버섯은 없을 것이다. 그 말은 곧, 진정한 자연산을 찾지 않으면 안 된다는 것이다.

곰보버섯이 일본 전역에서 자란다지만 이 산에도 있다고 확신할 수는 없었다. 찾을 수 있다면 좋을 텐데.

"뭐… 그런 점이 버섯 채집의 묘미이긴 하지만……."

사키의 부탁을 들어 주려면 오후에는 하산해야 했다.

버섯의 신선도를 생각해 본격적인 채집은 오후에 한다고 치면, 늦어도 오늘 오전에는 곰보버섯을 찾아야 했다. 그런데 주변을 샅샅이 찾아봐도 도무지 찾을 수가 없었다.

"다른 버섯들은 여기저기 꽤 보이는데……."

곰보버섯 자체가 엄청나게 희귀한 버섯은 아니지만 이 넓은 산속에서 찾기란 상당히 어려운 것이었다.

그러나 나는 곰보버섯을 먹는 히나호의 모습이 보고 싶었다. 그걸 먹으면 어떤 감상을 들려 줄까.

곰보버섯을 찾자. 분명히 있을 것이다.

오늘 저녁에 바닷가에서 만나자고 히나호와 약속을 한 것은 아니었다. 단지 산에 들어오기 직전에 사키가 했던 이상한 말이 신경 쓰일 뿐이었다.

"설마……."

물론 세간의 사건들은 사소한 일로 일어나고, 매일 어딘가에서는 처참한 일이 벌어지기도 한다. 경우에 따라서는 그 이유가 굉장히 하찮은 것이기도 했다.

다만 사람들은 그런 일들이 자기 주변에서는 일어나지 않을 거라고 생각하는 정상화 편견*에 휩싸이곤 하는데 나 역시도 예외는 아니었다.

결국 나는 하산을 내일로 미루기로 했다. 사키의 체면을 구기고 그녀의 충고를 무시했다는 죄책감은 조금 있었지만, 날이 저물 때까지 찾아다닌 결과 다행히 곰보버섯을 발견할 수 있었다.

다음날 아침 눈을 떴을 때는 불안감도 사라지고 없었다. 나는 이른 아침부터 지도에 표시해 둔 버섯 군락지를 돌며

---

* normalcy bias. 위협 경고를 믿지 않거나 최소한으로 받아들이는 인지 편향.

전골에 넣을 버섯들을 신나게 딴 후 마을로 내려왔다.

쾌청한 날씨였다. 히나호는 오늘도 바닷가에 나갔을까.

묵고 있던 캠핑장으로 돌아가 장비를 정리하고, 태양이 저물기 시작할 때쯤 바닷가로 향했다.

하늘은 이제 서서히 붉은빛으로 물들어 가려는 기미를 보였다.

그러고 보니 전골을 언제 먹을지는 아직 이야기하지 않았다. 오늘 당장이라도 먹을 수 있도록 준비는 해 두었고 내일도 괜찮을 것 같았다. 히나호와 사키에게도 학교 활동이나 가족 모임 같은 각자의 사정이 있을 테니 멋대로 정할 순 없었다. 일단 아이스팩과 함께 보관해 두었으니 며칠은 괜찮을 것이다.

나는 히나호에게 보여 줄 버섯 몇 개를 따로 챙겼다.

바닷가에 가니 항상 있던 자리에 히나호가 앉아 있었다. 그리고 그 곁에는 다른 한 명의 그림자가 서 있었다. 사키일 것이다.

항상 그랬던 것처럼 사키가 재빨리 눈치채고 내게 시선을 던졌다.

"아……."

그 시선에서 무언가 비난하는 듯한 느낌을 받은 나는

조금 불편함을 느꼈다. 그녀의 충고를 무시해서 화가 났다는 걸 쉽게 알 수 있었다.

그러나 사키는 아무런 말도 하지 않고 내가 다가오는 것을 그저 바라보고 있었다. 히나호는 눈치채지 못했는지 내 쪽을 돌아보지 않았다.

뭔가 이상했다.

발소리가 나지 않은 것도 아니고 요 며칠 동안의 관계를 보면 이렇게 다가오는 것이 나라는 걸 히나호가 알 만도 했다. 그러니 그녀가 뒤를 돌아보며 그 순수한 미소를 보여 줄 거라고 기대하는 바였다.

"어… 안녕?"

히나호의 뒤에까지 와서 말을 걸었다. 사키는 아직 아무 말이 없었다. 히나호가 천천히 고개를 돌렸다.

의아한 듯한 표정을 짓는 히나호.

"어… 저기?"

"네?"

마치 나를 오늘 처음 본 것 같은 얼굴이었다.

아니야. 내가 알고 있는 히나호가 아니었다. 알고 지낸 지 며칠 되지는 않았지만, 지금 여기 있는 히나호는 산에 들어가기 전에 만났던 히나호와 분위기가 사뭇 달랐다.

겉모습은 분명히 같았다. 목소리도 똑같았다. 다만 풍기는 분위기가 달라져 있었다.

'이게 무슨 일이지……'

나는 혼란스러웠다.

히나호가 웃는 얼굴로 맞이해 주기만 기다렸는데, 내 앞에 있는 그녀는 나에게 "누구세요?"라고 묻는 듯했다.

지금까지 아주 잠깐의 시간이 흘렀을 것이다. 그러나 체감상으론 굉장히 길게 느껴졌고, 등을 타고 불쾌한 땀이 흘렀다. 심장박동이 빨라지고 주위의 풍경이 천천히 흐르는 기분이었다.

나는 도움을 요청하듯 사키를 쳐다보았다.

그녀는 입술을 굳게 다물고 나를 노려보고 있었다. 사람에게서 볼 수 있는 표정이라고 생각되지 않을 만큼 소름 끼치게 오싹했다.

사키는 이어서 옅은 웃음을 지어 보였고 조용히 입 모양만으로 이렇게 말했다.

"거봐, 살해당했지."

제2장

사키와
히나호

히나호

"어… 그러니까……."

'누구지…?' 기억이 나지 않았다.

이렇게 친근하게 말을 거는 걸 보면 분명히 내가 아는 사람일 텐데. 도저히 기억이 나질 않았다.

또 시작이다.

머릿속에 안개가 낀 것 같은 감각.

기억을 아무리 뒤져봐도 이 사람의 얼굴을 찾을 수 없었다.

"마쓰자키 씨. 버섯은 찾았어요? 히나호, 봐 봐. 소마가 돌아왔어."

"소…마…?"

사키는 이 사람이 누군지 알고 있었다. 그렇다면 나도 아는 사람일 가능성이 높다.

나는 필사적으로 기억의 바다를 헤엄쳐 본다. 어둡고 캄캄한 기억의 바닷속을.

이 순간은 언제나 기분이 나쁘다. 어째서 이런 것이 내 머릿속에 있는 걸까. 한참을 헤엄치고 있으니 빛이 보인다. 영화가 시작되기 전 카운트다운 숫자를 세는 것처럼 명멸을 반복했다.

버섯, 버섯? 버섯이라…….

아…! 분명 누군가와 버섯전골에 대한 이야기를 나눴다. 그렇다면 누구와, 언제, 어디서?

나는 요 며칠간 있었던 일들을 기억의 바닷속에서 주워 올렸다. 이렇게 하다 보면 머지않아 그간의 행동들이 점차 선명히 생각났다. 그것은 마치 영화를 보는 것처럼 세세했고, 외부에서 그 장면을 바라보듯 볼 수도 있었다.

다만 생각나지 않는 것이 섞여 있었다. 사람에 대한 기억이다. 이런 식으로 기억을 되짚어 보기 전까지는 누군가를 잊었다는 것조차 눈치채지 못했다.

아… 찾았다. 분명히 그 기억에 같이 있지만 '얼굴이 보이지 않는 사람'이 '소마'일 것이다.

"아, 그래, 맞아, 버섯전골! 소마, 버섯 많이 땄어?"

나는 기억을 오려 붙여 가상의 인간관계를 만들어 냈다.

이 사람이 누군지는 여전히 기억나지 않지만 사키가 알려 준 힌트를 적용해 보면 아마도 맞을 것이다.

그렇지만 정확히 알 수는 없다. 그러니 항상 상대방의 반응을 조심스레 살피는 것부터 시작해야 한다.

"어? 아, 응…! 버섯 많이 땄어. 여기 봐. 곰보버섯도 있어."

소마는 봉투에 가득 담긴 버섯들을 보여 주었다.

곰보버섯이라는… 조금 기분 나쁘게 생긴 버섯도 있다.

그래. 나는 이 버섯을 알고 있다. 핸드폰으로 찾아봤던 기억이 난다.

그곳에 사키도 있었다. 그리고 또… 또 누가 있었나? 안 되겠다. 얼굴도, 어떤 모습이었는지도 생각나지 않는다. 다만 어떤 기운 비슷한 것만 느껴졌다. 틀림없이 이 사람일 것이다.

그 사람이 소마가 맞는 것 같았다. 언제 어디서 만난

사람이었을까.

나는 최근에 있었던 일들을 시간 순으로 떠올려 보았다.

하지만 기억을 더듬는다고 바로 생각나는 것도 아니었고 정신적으로도 몹시 피곤한 일이기 때문에 곧바로 그만두었다.

"버섯전골은 언제 먹을래? 딴 뒤로 이삼일 정도는 괜찮겠지만 그래도 빨리 먹는 게 좋아."

"여기서?"

'소마는 내가 이상하다고 생각하지 않는 걸까.'

이런 일이 생기면 모두가 이상한 표정을 지었다. 조금만 지나면 아무 일도 없었던 것처럼 되지만, 그때마다 나는 내 기억을 믿을 수 없게 된다.

그런데 나는 잊었다는 것조차 인식하지 못했기 때문에 주변 사람들은 나를 냉정한 사람이라 여기는 듯했다.

그렇게 사람들은 하나둘 내 곁에서 멀어져 갔고, 정신을 차리고 보니 친한 친구들 같은 건 사라지고 없었다. 그러나 어째서인지 사키만은 언제나 옆을 지켜 주었다. 그러니 사키는 나의 가장 소중한 친구였다.

이제는 될 수 있으면 사람을 더이상 사귀고 싶지 않다고 생각했는데, 어째서 나는 이 사람과 아는 사이가 되어버린 걸까.

"그린플래시라도 보면서 먹고 싶은 심정이네요."

뭐?

사키, 무슨 말을 하는 거야?

그런데 잠깐만.

그린플래시… 그건 내 소중한 꿈과 희망.

아… 그렇구나. 분명히 이것이다.

이 단어는 사라졌던 기억을 상기시켰고, 역시나 그곳에 누군지 모르는 사람이 있었다.

나는 이럴 때마다 스스로 기억을 조작했는데 그 계기는 대부분 사키의 한마디였다.

나는 언제나 그랬듯이 그린플래시를 보기 위해 이곳에 있었을 것이다. 그리고 이곳에 소마가 왔다.

"그런 기적이 일어나면 좋을 텐데. 그럼 내일 여기서 먹을래?"

나는 사키가 준 정보와 기억 속에 얼굴 없는 인물로 남아 있는, '소마'라는 사람과 함께 했던 경험을 맞춰 보았다. 아마 크게 어긋나지는 않을 것이다.

"알았어. 내일 저녁에 준비해 올게."

상대방은 괜찮은 것 같았다. 그래도 역시 조금은 당황

했을 것이다. 왜냐하면 나는 당황했으니까. 갑자기 모르는 사람에게 버섯전골을 먹겠느냐는 말을 들었으니 말이다.

아니야. 아는 사람이야. 알던 사람일 거야, 아마도.

이런 감각은 정말 오랜만이었다.

최근에는 이런 일이 없었다.

없게끔 했는데…….

나는… 언제나 누군가를 잊는다. 잊었다는 것조차 알아차리지 못한다. 언제부터 이랬던 것일까.

잊어버리는 건 '누구인가' 하는 것뿐. 그래서 나는 기억의 조각들을 억지로 연결해서 잊어버린 그 '누구를' 잊지 않은 것처럼 행동했다. 그러나 역시 한계가 있었고, 나도 모르는 사이에 여러 사람과의 연결 고리가 끊어져 있다고 느꼈다.

내 머릿속에 있는 딜리트Delete 버튼은 내 의지와는 상관없이 계속 눌러지고 있다.

미안해, 소마.

분명 지금의 나는, 너에게 있어 두 번째의 나일 거야.

소마

히나호가 이상하다.

그리고 사키는 체념한 듯한 미소를 띠며 말했다.

"거봐, 살해당했지."

목소리를 내지는 않았지만 입 모양으로 그렇게 말했다. 나만 알 수 있도록.

혼란스럽다.

그 아이는 분명히 미사키 히나호다. 겉모습도, 목소리도, 어느 것 하나 다르지 않았다. 다만 분위기가 달랐다.

마치 처음 만난 것처럼, 아니, 그보다 더한 어떤 위화감이 느껴졌다.

사키가 히나호에게 내 이름을 알려 주자 그녀의 분위기가 바뀌었다.

생각이 난 걸까? 아니, 애초에 잊어버렸다는 게 말이 되나?

나는 사키에게 도움을 요청하듯 시선을 보냈지만 사키는 입가에 검지손가락을 세우고 눈짓만 할 뿐이었다. 말을 맞추라는 뜻일까?

결국 버섯전골은 내일 여기서 먹자는 것으로 결론이 났다.

나에게는 내일이 무척 불안한 미래로 비춰졌다. 내일도 히나호가 아까 같은 반응을 보이면 어쩌지? 그런데, 불과 며칠 전까지 웃으며 얘기했는데 어떻게 나를 잊어버릴 수 있단 말인가.

물론 사키가 '그린플래시'라는 단어를 꺼내자 히나호는 이전의 그녀로 돌아간 듯한 느낌이었고, 이야기의 흐름에 모순은 없었다.

그저 내 기분 탓일까.

그런데 이 기분 나쁜 감각은 무엇일까. 게다가 사키의 '살해당했다'는 표현도!

신경은 쓰였지만 대놓고 물어볼 수도 없어 이러지도 저러지도 못하는 사이에 주위가 어두워졌다.

"오늘은 이만 가야겠다. 아, 전골은 내일 몇 시에 먹을까? 우리가 학교를 마치고 이쪽으로 오면 오후 4시쯤 될 거야."

"어⋯ 그럼 여기 오면 바로 먹을 수 있도록 준비해 둘게."

태연하게 이야기하는 히나호는 여느 때와 같은 모습이다. 역시 내 생각이 지나쳤던 걸까. 그러나 한번 든 위화감은 그렇게 간단히 지워지지 않았다.

"응, 사키도 괜찮지?"

"괜찮아. 마쓰자키 씨, 제가 가지고 오면 좋을 만한 것들이 있나요? 조미료라든지…….."

이제 히나호의 분위기는 이전과 다르지 않았다. 밝고 명랑하며 시원시원한, 훅 들어오는 경향이 있지만 그런 부분이 오히려 기분 좋게 느껴지는 그 히나호였다.

"아… 아! 그러면 폰즈*라든지… 괜찮다면 그릇도 몇 개 있으면 좋을 것 같은데…….."

"그러면 지금 저희 집에 들러 주실 수 있으세요? 내일 제가 그걸 가지고 학교에 갈 수는 없을 것 같고, 집에 들렀다 가면 너무 늦을 것 같아서요."

타이밍이 아주 좋았다. 사키의 호의를 받아들이는 척 그녀와 얘기를 좀 해 보고 싶었다. 그녀는 뭔가 알고 있을 테니까.

셋이서 걸어가다 중간에 히나호와 헤어졌다.

헤어지기 전까지는 평소처럼 그린플래시 얘기를 하다 보니 흥이 나기도 했다. 그즈음 되자 내 안에 남아 있던 미심쩍은 마음도 꽤 희미해져 있었다.

그렇다고 해도 역시 확인을 안 할 수는 없었다.

---

* 멸치, 다시마, 조개 등을 우린 국물에 식초, 간장, 레몬 등을 섞어 만든 소스.

히나호에게 무슨 일이 일어난 건지, 사키는 무엇을 알고 있는지.

스쳐 가는 인연일 뿐이니 같이 전골을 먹고 그 상태로 거리를 둔다면 거기서 끝날 이야기였다.

그렇지만 히나호에 대한 마음을 자각한 나에게 그런 선택지는 없었다. 나는 그녀와의 접점을 넓힐 수 있는 길을 선택했다.

그리고 어쩐지, 이 상황을 외면할 수 없을 것 같다는 생각이 들었다.

"들어오세요. 여기 대기실에 앉아서 기다려 주세요. 아버지는 진찰하러 가신 것 같아요."

"어… 응, 알겠어."

히나호는 사키의 아버님이 의사라고 했다. 역시나 이곳에는 '사이바라 진료소' 라는 간판이 걸려 있었다.

마을에서 흔히 볼 수 있는 근대적인 건물은 아니었고, 낡아서 거뭇해진 나무 외관에서 관록이 느껴질 정도의 오래된 건물이었다.

마치 무슨 일이 벌어질 것 같은 으스스한 분위기를 풍기기는 했지만 이 지역의 치료를 도맡아 온 듯한 위엄이 느껴지기도 했다.

　잠시 기다리고 있으니 사키가 돌아왔다.

　손에 들린 바구니에 조미료와 그릇 들이 들어 있었다.

　사키는 바구니를 내 옆에 두고서, 진료실을 사이에 두고 마주보게 되어 있는 의자에, 말하자면 내 정면에 앉았다.

　"조미료가 진짜 용건이라고 생각해서 온 건 아니죠?"

　"그렇지……."

　요 며칠간 알게 된 것을 정리해 보자면, 사이바라 사키라는 아이는 상당히 영리하고 두뇌 회전이 빠르다는 것이었다. 그리고 사키와 히나호 사이에는 사연이 있는 듯했다. 방금 전의 상황을 떠올리면 그렇게 생각하지 않을 수 없었다.

　"내가 히나호에게 살해당했다는… 그 얘기겠지."

　그녀의 표현을 빌려 단도직입적으로 물어보았다.

　"바로 그거예요. 명복을 빕니다."

　표정 하나 바뀌지 않고 천연덕스럽게 말하는 그 말투에 살짝 욱하기도 했지만, 그녀의 표정을 보고 있자니 단지 퉁명스럽거나 화가 난 것처럼 보이지는 않았다. 어딘가 슬퍼 보이는 사키의 눈동자에 짜증이 날 뻔했던 감정을 억눌렀다.

"설명 좀 해 줄래? 히나호에게 무슨 일이 있었던 거고 나는 어떻게 하면 되는지. 너는 뭔가를 알고 있는 거지?"

세상이 마치 산에 들어가기 전과 후로 나뉜 것 같았다. 나에게는 그 정도로 충격적이었다.

그리고 내가 산에 들어가기 직전 사키의 분위기로 보아 그녀는 이렇게 될 거라는 걸 알고 있었던 것 같다.

"마쓰자키 씨가 저와의 약속을 지키지 않았기 때문이에요."

"……."

사키는 비난 섞인 눈으로 나를 바라보았다. 그렇게 말하니까 나도 할 말은 없었다.

"이, 일단 충고를 듣지 않은 것은 미안해! 그렇지만 설마 이런 일이 일어날 거라고는 생각도 못 했어… 아니 보통은 못 하지."

"살해당할지도 모른다고 했잖아요."

"그러니까… 그런 표현 자체가 일반적이지 않잖아. 나는 농담인 줄 알았어."

"농담… 농담이라면 저도 마음이 편했을 거예요."

그렇게 말하는 사키에게서 체념의 표정이 보였다. 고등학교 2학년이 짓기에는 너무 이른 표정이 아닌가 하는 생각이 들 정도였다.

"솔직히 마쓰자키 씨에게 어디까지 말해도 될지 고민하는 중이에요. 설마 하는 마음에 충고는 했지만 정말로 늦을 거라고는 생각지도 못했거든요."

"그렇게 아프게 책망하지 말아 줘… 곰보버섯을 찾느라 그랬어. 히나호가 맛보았으면 해서……."

"그런 이유가 있었군요. 히나호를 생각해서 그러셨던 거라면 알겠어요. 하지만 그것보다 귀찮은 일이 일어나버렸어요."

"귀찮은 일?"

지난번에도 사키는 같은 말을 했다.

지금에 와서 히나호의 모습을 떠올리자니 '아… 그런 것이었구나' 하고 알게 되었다. 하지만 나는 아직 그 문제의 진실을 모른다.

"눈치채셨을 것 같지만, 아마 히나호는 더이상 당신을 기억하지 못할 거예요."

"……그게 무슨 말이야?"

아까 전, 마치 나를 처음 만난 것 같은 반응을 보이던 히나호를 떠올렸다. 내가 느꼈던 '설마'가 사실일까? 나도 어렴풋이 느끼긴 했지만 이렇게 다시 들으니 속에서 무엇인가 북받쳐 오르는 듯한… 불쾌한 감각이 돌았다.

"자세한 건 저도 잘 모르지만… 히나호는 일정 기간 만나지 않은 사람을 잊어버려요. 그 기간이 어느 정도인지 정확하지는 않지만… 대략 3일 정도예요."

"3일…?"

사키가 산에서 내려오라고 했던 날은 이틀 뒤였다. 그러나 내 맘대로 하루 더 머물렀다.

사키는 경고를 해 주었던 것이다.

"그런 거였구나… 조금 더 제대로 알려 줬다면 좋았을 텐데……."

"제가 그걸 말할 수 있었을 거라고 생각하세요? 말하면 믿었을까요? 히나호는 3일 안에 다시 만나지 못하면 그 사람에 대한 기억을 잊어버린다는 말을…! 그리고… 될 수 있으면 다른 사람들에게 알리고 싶지 않아요. 이건 히나호의 중요한 프라이버시인데 퍼트려서 좋을 거 없잖아요. 그래서 넌지시 알려 드린 거예요……."

"……."

넌지시… 알려 주기 위해 '살해당할지도 모른다'는 표현을 쓰는 것은 조금 이상했지만 사키의 말처럼 여기저기 떠들어서 좋을 일도 아니었다. 하물며 나는 이들에게 낯선 여행객일 뿐이었다.

그렇지만… 정말로 3일 정도 만나지 않은 것만으로 사람에 대한 기억을 잊는다면 일상생활에 문제는 없을까 하는 쓸데없는 걱정이 들었다.

만약 내가 히나호라면 어땠을까 생각해 보았다. 예를 들어 하루이틀의 연휴라도 있으면 반 친구들을 3일 정도 만나지 않는 일이야 흔하게 있었다.

바로 얼마 전 있었던 골든위크 때는 어떻게 했을까? 여름 방학이나 겨울 방학은? 의문이 끊이지 않았다. 인간관계에 분명히 문제가 생길 것 같았다.

그렇다면 사이바라 사키는 히나호에게 어떤 존재일까.

"너는 히나호의 그런 비밀을 어떻게 알고 있는 거야?"

궁금하기도 했고 나는 알 필요가 있다고 생각했다.

히나호에게 직접 물을 수 없으니 사키에게 물을 수밖에 없다.

"히나호가 저렇게 된 원인과 증상을 살피는 곳이 바로 이 진료소이기 때문이에요. 저도 전혀 관계가 없는 것은 아니고요. 하지만 더이상은 말할 수 없어요."

움찔했다.

내가 알던 사키라는 소녀는 얌전하지만 따지기 좋아하

는 반장이나 학생회 임원 같은 느낌이었다.

그러나 지금 눈앞에 있는 사키는 다른 사람 같았다. 그녀에게서 마치 전장을 헤쳐 나온 전사 같은 위엄이 느껴졌다. 이렇게 작은 몸에 어떻게 그런 힘이 깃들어 있는지 궁금할 정도였다.

"당분간 당신이 할 수 있고 내가 바라는 것은 히나호에게 맛있는 버섯전골을 맛보게 해 주는 것이에요. 그다음 일은 또 그때의 바람이 불면 정할게요."

"그럼 이만"이라는 말과 함께 사키가 자리를 떴다.

이 이야기는 여기에서 끝내자는 뜻이겠지.

나는 사키가 준 바구니를 들고 맥없이 돌아갈 수밖에 없었다.

다음 날, 평소보다 조금 일찍 바닷가에 도착했다. 아직 히나호와 사키는 보이지 않았다.

"여기서 불을 사용해도 되나?"

일단 주변을 둘러보았지만 '화기 사용 금지'라는 안내판 같은 건 보이지 않았다.

애초에 해수욕장도 캠핑장도 아닌 그저 모래사장일 뿐이니까. 특별히 시설이 정비되어 있는 것도 아니고, 평소에는 오는 사람도 별로 없었다.

직화 구이를 하는 것도 아니었기에 혹시 보더라도 눈 감아 주기를 바라며 마음을 굳히고 준비를 시작했다.

사실 캠핑장에서 어느 정도 손질을 해 왔다. 버섯만 넣으면 너무 없어 보일 것 같아 배추와 닭고기도 준비해 뒀고, 여기서는 육수를 만들고 전골 재료들을 익히기만 하면 되었다. 특히 생 곰보버섯의 경우 독성이 있다고 알려져 있어 푹 익혀야만 했다. 재료들을 냄비에 넣고 히나호와 사키가 도착하기를 기다렸다.

오후 4시쯤 온다고 했으니 아직 시간이 조금 있었다.

기다리고 있는 동안에도 어제 보았던 히나호의 모습이 뇌리에서 되살아났다.

오늘도 어제처럼 그러면 어쩌지.

아니 잠깐, 정말로 사람에 대한 기억을 잊는다면 오늘의 약속도 잊는 게 아닐까.

3일 이내라면 괜찮다고 했지만, 그게 정말일까?

여러 가지 의심과 의문이 머릿속을 스쳐 지나갔다.

나는 이곳에서 도대체 누구를 기다리고 있는 것인가… 그런 불안함이 고개를 들기 시작할 때였다.

"소마! 헤이-!"

제방 윗길에서 바닷가로 내려오며 손을 흔드는 히나호가 보였고, 그 옆에는 사키도 있었다.

그 모습을 보니 안심이 되었다. 히나호는 적어도 어제의 일은 기억하고 있고 어제의 나도 잊지 않았다.

하지만 처음 만났던 날의 나는? 사키가 어제 말해 준 게 사실이라면 히나호의 머릿속에 그때의 나는 이미 사라지고 없을 것이다. 그러나 아무리 혼자 고민한다 한들 다른 사람의 머릿속이 보일 리 없었다.

쥘 베른의 소설에 나오는 그린플래시의 전설을 떠올렸다.

'자신과 타인의 마음을 읽을 수 있게 된다.'

그린플래시가 정말로 그런 기적을 일으킨다면 좋을 텐데.

"그렇군…!"

그 작품에는 원치 않는 약혼을 하게 된 여자 주인공이 상대의 마음을 알기 위해 그린플래시를 찾아 여행을 떠나는 장면이 나오는데, 나는 지금에서야 그녀의 심경을 이해할 수 있을 것 같다.

누군가의 속마음을 다른 사람이 알 수는 없다. 그건 당연한 것이고, 알지 못해도 그것으로 족하다 생각했다. 그러나 자기와 깊이 연관된 사람의 속마음이 궁금한 것 역시 그것대로 당연한 마음일 것이다.

다만 타인의 마음을 알게 된다면 그건 또 다른 문제를 야기할 수도 있으니 '기적'이라는 형태로 타인의 마음을 한순간 엿보는 정도가 딱 좋을지도 모르겠다.

"오래 기다렸어?"

"아니, 나도 방금 왔어."

인사를 주고받으며 마음속으로 '이게 데이트냐?' 하고 스스로에게 딴지를 걸었다.

사키는 어제의 일 같은 건 조금도 내색하지 않고 평소처럼 나와 히나호를 대했다.

그녀는 히나호와의 관계에 대해서 아직 아무것도 이야기해 주지 않았는데, 내가 알고 있는 이들의 관계는 히나호가 말해 준 대로 '고등학교에서 만난 친구'라는 사실뿐이었다.

오늘 히나호는 처음 만난 날과 분위기가 비슷했다. 지금 이 모습이 그녀의 본모습일 것이다. 내가 알고 있던 히나호의 모습이 나오자 조금 안심이 되었다.

원래 사람들이 별로 없는 곳이라 이상한 눈초리를 받을 일 없이 버섯전골 파티가 시작되었다.

태양이 서쪽으로 기울기 시작했다. 바다에서 불어오는 바람이 더위를 날려 주었고 버섯전골로 뜨거워진 몸을 식혀 주었다. 야외에서 먹기에는 딱 좋은 조건이었다.

"맛있어! 진짜 맛있는데?"

"그렇지? 식료품점에서 팔지 않는 버섯들 중에서도 식용이 가능한 버섯은 사실 굉장히 많아."

"음… 밥 먹고 싶다! 주먹밥 같은 거라도 준비해 올걸!"

히나호는 천진난만하게 기뻐했다. 사키는 변함없이 무표정이었지만 "맛있네요." 라며 감상 정도는 말해 주었다.

"소마를 알게 된 덕분에 진귀한 음식을 먹게 됐네. 곰보버섯은 보기에는 이상해도 맛있는 거구나."

"조리 방법에 따라 다르겠지만 전골이나 수프에 어울리는 것 같아. 하지만 생으로 먹으면 절대 안 돼."

"그렇구나."

히나호는 젓가락으로 집은 곰보버섯을 보며 '우와…' 하고 감동하고 있었다.

"그런데 이거 배가 꽤 부르네요."

사키는 나름대로 만족한 것 같았다. 다만 어제의 일도 그렇고 산에 들어가기 직전의 일도 마음이 쓰여 나는 사키에 대해 조금 불편한 마음을 가지고 있었다.

하지만 사키의 도움이 없었다면 히나호와의 관계를 되돌리기 어려웠을 것이다.

히나호에게 사키는 대체 어떤 존재일까. 그리고 사키는 나에 대해 어떻게 생각하고 있을까. 약간의 수수께끼로 남아 있는 부분이 더 흥미를 끌었다.

내게 있어 사키에 대한 관심과 히나호에 대한 관심은 다른 종류의 것이었다. 전자는 호기심이라는 말로 설명이 가능했지만 후자는 어떤 말로도 표현할 수 없었다.

아니, 사실은 어렴풋이 깨닫고 있지만 그걸 확신할 수 있는 경험이나 의지가 부족한 것뿐이겠지.

"오늘은 그린플래시를 볼 수 있을 것 같아. 맛있는 음식도 먹었으니까!"

"그 정도로 볼 수 있는 거라면 그걸 보려고 고생하는 사람은 아무도 없을 텐데 말이야."

히나호와 사키는 전과 다름없이 장난을 치는 듯이 보였다. 다만 어제의 사키를 본 후에 이런 광경을 보게 되니 어딘가 부자연스럽게 느껴지기도 했다.

나는 어젯밤 내내 생각을 해 보았다.

기억이란 무엇일까.

나는 원래부터 자연과 불가사의한 것들을 좋아했고,

그린플래시에 끌리거나 야외 활동을 좋아하는 것도 모두 그런 성향에서 비롯된 것이었다.

그리고 우리 주변에 있는 가장 불가사의한 것이 바로 인체와 생명이라고 생각한다.

하지만 지금까지 '기억'이라는 것에 대해 진지하게 생각해 본 적이 없었다.

생각을 하느라 하룻밤 내내 골머리를 앓았고 그게 싫지는 않았지만, 사키의 그 말을 떠올릴 때마다 하나의 어떤 해석에 부딪히게 되었다.

누군가를 잊는다는 것은, 잊은 사람 안에 잊힌 사람이 더이상 존재하지 않게 된다는 것이 아닐까. 사키는 그것을 '살해당했다'라는 말로 표현하는 듯했다.

아무리 그렇다고 해도 가장 친한 친구인 히나호를 두고 그런 표현을 쓰다니. 조금 심하다고 느꼈고, 그런 부분들이 어쩐지 나의 감정을 자극했다.

아직은 이런 상황들에 대응할 방법이 떠오르지 않았다. 지금껏 경험한 적 없는 일이었고 경험하지 않는 것이 일반적일 테니.

그러나 나는 히나호에게 좋은 감정이 있었다. 복잡하게 말할 것 없이 좋아한다고 말할 수 있는 마음이었다.

그래서 있는 그대로의 히나호와 마주보려는 노력을 해 보고 싶다.

"히나호는 왜 그린플래시가 보고 싶어?"

전에 했던 것과 똑같은 질문을 했다. 그녀는 기억하고 있을까.

"어? 그 질문, 전에도 소마한테 들은 적 있었던 것 같아."

"아… 그래? 내가 잘 까먹거든."

웃으며 넘겼다. 히나호가 기억하고 있는 걸까? 아니면 기억하는 척하는 걸까? 어느 쪽이지?

나는 사키의 추측을 직접 확인해 보고 싶었다.

"기적을 보고 싶어. 그냥… 그것뿐이야."

히나호는 다시 한번 그 말을 해 주었다.

기적이라는 말.

똑같은 대답이었다. 확실히 사람에 대한 걸 제외한 다른 기억은 다 있는 듯했다. 그러나 처음 들었을 때의 인상과 지금은 많이 달랐다.

그녀가 바라는 기적이 무엇인지, 나는 알고 싶어졌다.

"히나호는 어떤 기적을 바라는 거야?"

조금 더 깊이 파고들었다. 사키는 별다른 반응이 없었다. 괜찮다는 뜻이겠지.

"으음… 행복한 시간으로 채워지고 싶다…?"

잠깐 생각한 뒤에 돌아온 대답은 추상적이었다.

"지금 히나호는 행복하지 않은 거야?"

움찔하며 사키의 표정이 반응을 보였다.

"아니, 행복해. 지금도 행복한걸? 그런데 뭔가 부족하다는 느낌이 들어. 가끔 행복하지 않을 때도 있거든. 그러니 행복한 시간이 영원히 계속되면 좋겠다고 생각해… 그게 나한테는 기적과도 같은 거야."

히나호는 바다 저편으로 시선을 던지며 쓸쓸해 보이는 미소를 띤 채 그렇게 말했다.

그녀는 자신의 기억에 문제가 있다는 것을 알고 있을까? 그게 아니라면?

나는 그 부분이 신경 쓰였다.

지금의 대답은 어떤 식으로도 해석이 가능했다. 혹시 그녀의 기억이 어떤 장애를 일으키고 있는 거라면 연속적으로 이어지는 시간에 분절이 일어나게 된다. 그건 행복한 일이 아닐 것이다.

"인생이란 굴곡의 연속이니까 분명히 그건 기적이 맞을 거야."

나는 무난하게 대답했다. 그러자 히나호가 조용히 고

개를 저었다.

"그런 게 아니야. 설명을 잘 못하겠는데… 좋은 일이나 안 좋은 일이 일어나는 것은 어쩔 수 없어. 다만 그 모든 것들의 도착지가 행복한 곳이 되길 바라는 거야. 그런데 그러기에는 나에겐 뭔가가……."

히나호는 거기서 말을 끊었다. 그 뒤로 이어졌을 말은 아마도 '부족해'일 것이다. 무엇이 부족한 걸까.

애초에 행복에 측정 단위는 없다. '이 정도면 행복하다'고 말할 수 있는 것도 아니다. 그러니 역시 히나호의 말은 추상적인 것이었다. 그러나 추상적이면 안 될 이유도 없고, 원래 소원이라는 것이 추상적인 것인지도 모른다.

나 역시도 그린플래시를 보고 싶어 하는 이유를 깔끔하게 말할 수 있느냐 묻는다면 대답하기 어려웠다. 히나호가 물었을 땐 '과거를 지우고 싶다'고 대답했었다. 히나호는 그걸 기억하고 있을까?

내 대답을 들었던 사키가 '그건 너무 슬프지 않아요?'라고 했던 이유를 지금은 이해할 수 있었다.

그날은 전골을 즐기며 석양을 기다렸다.

역시나 그린플래시를 보는 것은 실패했고 사키의 제안으로 각자 연락처를 교환한 후 해산했다.

나는 캠핑장으로 돌아와 설거지를 하며 생각했다.

기억이 사라진다는 것에 대해서.

히나호 스스로 어떻게 느끼고 있는지 알 수 없었고 '사람에 대한 기억'만 사라진다는 감각은 내가 알 수 없는 게 당연했다.

뭔가를 잊는다는 것은 일상에서도 자주 있는 일이다.

잃어버린 물건에 대해 자연스레 떠올리지 않게 되거나 사람의 이름을 까맣게 잊어버리거나, 오랫동안 만나지 않았던 사람이 기억 저편으로 까무룩 사라지는 경우도 당연히 있다.

나 역시 오랜만에 만난 친척들에게 "언제 이렇게 컸니? 지난번에 봤을 때는 완전 애였는데"라는 말을 들어도, 내 입장에서 그들은 처음 보는 사람일 뿐이다. 어렸을 때의 기억이란 거의 없는 것이나 마찬가지다.

결국 기억이라는 것은 본인이 좋든 싫든 매일같이 정리되어서 잊어도 되는 것은 잊어버리도록 되어 있다. 책에서 그런 글을 읽었던 것 같기도 하고, 인터넷에서 '수면은 뇌가 기억을 정리하는 시간'이라는 글귀도 보았다.

모든 일을 상세하게 기억하고 있을 필요도 없고 어차피 그건 가능하지도 않다.

그러나 3일 정도 만나지 않았다고 그 사람에 대한 기억을 까맣게 잊는다면, 과연 어떨까.

"진료소에 다니고 있다고 했으니까 병이라고 봐야 하나… 그렇다는 건 히나호도 자각하고 있다는 걸까? 이런 현상을 약물로 막을 수 있을까?"

불확실한 정보를 가지고 아무리 생각해 봐도 답은 나오지 않았다.

문제는 '이제부터 나는 어떻게 하고 싶은가'였다.

이참에 이곳을 떠난다고 해도 상관은 없었다.

나도 이곳에서 그린플래시를 보고 싶은 마음은 있었지만 그 이상으로 복잡한 일에 휘말리는 것을 용인할 것인가 하는 부분이 고민이었다.

"평범한 여행자라면 이쯤에서 사라지는 게 정답일지도 모르지……."

지금까지 여러 여행지에서 사람들을 만나 왔다. 그때 만난 사람들을 모두 기억하고 있지도 않고 한 번 더 만나고 싶은 적도 없었다.

모든 것은 일생에 한 번뿐인 추억으로 남을 뿐이었고 잔상이 흐릿한 사람들은 더이상 기억조차 나지 않았다. 아마 다시 만난다고 해도, 기억을 쥐어 짜낸다 한들 떠오르지 않을 것이다.

오늘 히나호는 어떤 느낌으로 나와 만났을까…….

사키의 도움이 있었다고 해도 억지로 기억의 조각들을 끼워 맞추고 있는 것뿐이라면, 그 안에서 나라는 존재는 과연 어디쯤 있는 것일까.

"이건 어쩌면… 나는 지금 터무니없이 불가사의한 일에 맞닥뜨린 것일지도 몰라."

타고난 호기심이 발동하기 시작했다. 이런 기회는 두 번 다시 없을지도 모른다.

"내가 파고들어도 괜찮은 걸까……."

설거지를 하다 문득 하늘을 올려다보니 별들이 반짝이고 있었다.

"우주가 품은 불가사의도 굉장하지만 가까이에 있는 인간도 불가사의한 존재이지."

그린플래시도 자연의 장난이라 불리는 현상이었고 월식이나 일식도 마찬가지였다. 특히나 일식은 태양과 달의 기적적인 배치가 만들어 내는 몽환적인 천체 쇼였다.

천체의 모든 움직임은 물리학과 수학으로 계산되며 아주 먼 미래의 천체 쇼까지도 예측되고 있다. 이웃인 안드로메다은하와 우리은하가 먼 미래에 충돌할 거라는 동영상을 본 적이 있을 정도니 말이다.

　그러나 그린플래시에 대해서는 예측하지 못하고 있다. 그렇기에 많은 사람들은 더욱 그것에 기적이라는 의미를 부여했고 나와 히나호 역시 마찬가지였다.

　"운명이나 숙명 같은 건 터무니없다고 생각했는데… 조금은 믿어 봐도 괜찮을 것 같네?"

　아직은 호감이라는 영역에 머물러 있긴 하지만, 그린플래시라는 접점에서 히나호에게 뭔가 운명적인 느낌을 받은 것도 사실이었다.

　그린플래시에 대한 이야기를 다른 누군가와 나누게 되다니… 지금까지 이런 경험은 해 본 적이 없었다. 그렇다면 앞으로도 새로운 경험이 기다리고 있을지 모른다.

　기대와 불안이 섞인 감정이었지만, 그래도 나는 한걸음 더 나아가 보기로 했다. 그것이 나의 그린플래시가 될 거라 믿으며.

　너무 늦기 전에 설거지를 끝냈다. 나는 아까 받은 사키의 연락처를 찾아 그릇들을 언제 돌려주면 좋을지 문자를 보냈다.

　그러자 바로 답장이 돌아왔다.

　✉지금도 괜찮다면 진료소로 와 주세요.

"음, 빨리 돌려주는 편이 좋겠지."

계속 가지고 있자니 텐트도 비좁았고 진료소까지 들고 가는 게 크게 무리가 되진 않을 것 같았다. 게다가 오늘 히나호를 만나고 사키에게 다시 물어보고 싶은 것도 생겼다.

밤길이 어둡고 짐도 있었기 때문에 헤드 랜턴head lantern 을 쓰고 출발했다. 도심처럼 가로등이 많지 않은데다 사키네 진료소는 후미진 곳에 있어서 특히 더 어두웠다.

1시간 정도 걸었을까. '사이바라 진료소'라는 간판이 눈에 들어왔다.

진료소에 도착하자 사키는 이번에도 나를 대기실로 안내해 주었다.

"조금만 기다려 주세요."

그릇들을 건네받은 사키는 그렇게 말하고서 안으로 모습을 감추었다.

비상등 조명만 어슴푸레 비추는 대기실에는 음침한 기운이 돌았다. 이렇게 보여도 낮에는 사람들이 좀 있는 걸까? 아니면 환자가 그렇게 많지는 않은 걸까?

머지않아 사키가 돌아와 어제처럼 내 맞은편에 앉았다.

"마쓰자키 씨, 앞으로 어떻게 하실 거예요?"

"어떻게 할 거냐니…?"

"히나호를 계속 따라다니실 건가요?"

'따라다닌다라…' 조금 거북한 표현이었다. 나는 욱하는 마음에 받아쳤다.

"사이바라, 너의 허락이 필요해?"

"딱히. 저는 그저 앞으로 어떻게 하실 생각인지 묻는 것뿐이에요. 그리고 전부터 말하려고 했는데, 제가 성으로 불리는 걸 그다지 좋아하지 않아서요. 그냥 사키라고 불러 주세요."

"그러면… 사키. 그걸 알아서 어쩌려고 그래?"

"먼저 말해 주시면 대답해 드릴게요."

평행선이다. 어쩐지 불공평한 느낌이 들었지만 사키의 표정을 보니 양보할 생각은 없어 보였다.

지금은 조금이라도 연장자인 내가 한 발 물러나는 게 맞다고 생각해 심호흡을 하며 마음을 진정시켰다.

어쨌든 나는 외지인이다. 히나호에 대한 것은 사키가 더 많이 알 것이고, 나는 사키가 알고 있는 히나호에 대한 정보들을 알고 싶었다. 결국 더 절실한 쪽은 나였다.

"내 목적은 그린플래시를 보는 거야. 그 목적은 히나호와 똑같고. 그러니 필연적으로도 관여하게 될 거라 생각해."

"그렇군요. 그린플래시를 보는 장소를 다른 곳으로 바

꾸실 생각은 없나요?"

"왜 그래야 하지? 너는 내가 히나호와 멀어지길 바라는 거야?"

"그렇다기보다는… 정확하게 말하면 더이상 관여하지 않길 바라는 마음이에요. 죄송하지만 다시 한번 살해당해 주세요. 이대로 마쓰자키 씨와 히나호의 접점이 사라진다면 제 고민도 줄어들 것 같아요."

"그건 굉장히 일방적인 의견인데?"

아무래도 이건 그냥 넘어갈 수가 없었다. 애초에 히나호 뒤에 숨어 이런 말을 할 권리가 사키에게 있는 걸까.

"당신이 지금보다 더 관여하게 되면 히나호는 분명 훨씬 더 슬픈 경험을 하게 될 거예요."

"슬픈 경험?"

"네, 히나호는 당신이 누구인지 몰라요. 이미 잊어버렸거든요. 옆에서 제가 힌트를 주니까 기억을 억지로 다시 만들어 내는 것뿐이에요. 사실 이것도 제 추측이지만요."

"그렇구나… 그럼 히나호가 다른 것들은 기억하고 있다는 거네."

"네, 마쓰자키 씨. 오늘 히나호를 떠보셨죠? 예전에 했던 질문을 하기도 하고요."

들켰다. 역시 이 아이는 머리가 좋다.

"하… 정말, 차라리 당신의 머리를 후려갈겨서 히나호에 대한 기억을 지워버릴까요?"

진지한 얼굴이었다. 사키라면 진짜 그럴 수 있을 것 같아서 나는 반사적으로 머리를 감쌌다.

"아, 안 돼! 폭력은 쓰지 말아 줘!"

"농담이에요. 반쯤은."

절반은 진심인가 보다.

"저는 그저… 히나호가 더이상 괴로워하거나 슬퍼하는 걸 보고 싶지 않을 뿐이에요. 만약 마쓰자키 씨가 히나호에게 깊이 관여한다고 해도 3일만 만나지 못하면 틀림없이 잊힐 거예요. 그건 이미 증명이 되었죠? 당신이 아무리 히나호에게 관심을 가진다 해도, 설사 히나호가 당신을 좋아한다고 해도 당신은 언젠가 이곳을 떠나겠죠. 그 뒤로 그 아이가 어떻게 될지 생각해 보셨어요?"

"그건…….."

상상이 되지 않았다. 하지만 만약 히나호가 정말 그런 식으로 잊어버리는 게 사실이라면, 언젠가는 이곳을 떠나야 하는 내가 히나호의 상황에 발을 들여놓아서는 안 된다는 것은 알 수 있었다. 사키의 말도 일리는 있었다.

하지만 그렇다고 물러설 수는 없다. 나에게도 그린플래시를 꼭 여기서 봐야만 하는 이유가 있기 때문이다.

"히나호 때문만이 아니라 나도 여기서 그린플래시를 보고 싶어. 이 부분은 양보할 수 없어."

"왜 그렇게까지 그 장소에 집착하시는 거죠? 물론 그곳에서 그린플래시가 찍혔다는 건 히나호가 사진을 보여줘서 알고 있지만, 그게 그렇게 굉장한 사진인가요? 다른 곳에서도 찍힌 적이 있고… 아니, 오히려 여기보다 확률이 높은 곳은 많이 있잖아요."

하나하나 다 맞는 말이었다. 사키는 그린플래시에 대한 정보도 제대로 알고 있었다.

하지만 나에게도 그럴 만한 이유가 있었다.

나는 가슴팍의 주머니에서 사진 한 장을 꺼내 사키에게 보여 주었다.

"이건… 히나호가 가지고 있는 사진이랑……."

"맞아, 똑같아."

"음… 그래서 여기에 왔다고 말하고 싶으시겠지만 별로 놀랍진 않아요."

이유가 그것뿐이라면 그럴 것이다.

하지만 이 사진에는 또 한 가지, 사키와 히나호는 모르는 비밀이 있었다.

"나름대로 유명한 사진이라 본 사람도 많을 거야. 그런데 이걸 찍은 사람이 내 아버지라면 이야기는 달라지지."

"네?"

아니나 다를까 사키의 무표정이 무너졌다. 의표를 찔린 듯했다. 그녀의 무표정을 무너뜨린 것으로 승자가 된 것 같은 기분을 맛보았다.

"이 사진은 아버지가 이곳에서 촬영하신 거야. 그리고 이 사진을 찍고 1년 뒤, 내가 6살이었을 때 사고로 돌아가셨지. 사진작가였던 아버지는 집에 잘 계시지 않았어. 1년에 몇 번 만나는 게 다였어. 촬영차 방문한 여행지에서 사고로 돌아가셨다는 소식을 들었을 때도 어딘가 먼 세계의 일이라 느껴질 정도였으니 말이야. 그러니 아버지에 대한 기억은 어렴풋이 있을 뿐이야. 이건… 말하자면 유품 같은 거고."

"그… 그렇군요……."

사키가 곤혹스러운 표정을 보였다.

내가 단순히 히나호를 따라다니는 사람에 불과했다면 쫓아냈을 텐데. 하지만 나에게도 이곳을 양보할 수 없는 이유가 있었고 그걸 알게 됐으니 사키도 더이상 아무 말도 하지 못할 것이었다.

"죄송해요. 모두 다 각자의 사정이라는 게 있는 건데… 제 입장만 밀어붙이는 건 옳지 못했어요."

"아… 아니야. 괜찮아."

갑자기 태도를 바꾸어 순순히 사과하는 사키에게 조금 미안한 마음을 느꼈다.

"그럼… 저는 어떻게 하면 좋을지……."

무표정이었던 사키의 얼굴이 고민에 차 슬픔 서린 표정으로 바뀌었다. 아무래도 사키 역시 뭔가 여러 가지 사정이 있는 모양이었다.

"그럼 이렇게 하면 어떨까? 나는 지금까지 하던 대로 저녁이 되면 그 바닷가로 갈 거야. 히나호도 분명히 그곳에 있겠지. 그린플래시를 보든 못 보든 나는 여행 자금이 떨어지면 돌아갈 수밖에 없어. 그럼 그대로 히나호에게서 잊혀도 괜찮으니 그동안만이라도 나를 히나호의 친구로 인정해 주면 안 될까?"

"잊혀도 괜찮다……."

사키는 내 말을 되풀이하며 무언가를 참듯 손톱을 깨물었다.

"그건… 기억할 수 있는 사람의 오만이에요. 잊어버리

는 것으로 히나호가 구원을 받는 건 아니니까요. 의학적으로 검증된 건 아니지만 추측해 보건대 히나호가 잊는 건 사람뿐인 것 같아요. 행동에 대한 기억은 남아 있어요. 누군인지도 모르는 사람과 뭔가를 했던 기억만은 남아 있는 거죠. 그래서 제가 당신을 알은체했을 때, 히나호가 억지로라도 기억을 연결시킬 수 있었던 거예요."

추측이라는 단어를 또다시 사용했다.

그리고 조금 전에는 히나호가 기억을 억지로 다시 '만들어 낸다'고 했는데 지금은 억지로 '연결시킨다'는 표현을 썼다.

"추측이라니 무슨 소리야? 히나호가 이 진료소에서 치료받고 있는 거 아니었어?"

"진찰은 하고 있어요. 그런데 아버지는 히나호를 지켜볼 뿐 아무런 치료도 하지 않아요. 하지만 분명히 히나호의 기억은 이상해졌어요. 그런데도…!"

사키가 격분하며 언성을 높였다. 쿨하다고 생각했는데 이런 면도 있다니.

"…죄송합니다."

금세 냉정을 되찾았다.

그렇다는 건… 히나호를 딱히 치료하고 있는 건 아니

라는 뜻일까.

"그러면… 히나호는 환자가 아닌 거야?"

기억에 장애가 생기는 경우는 많이 있다. 나도 신경 쓰여 어젯밤 여러 가지 검색을 해 봤다.

많이 알려진 것은 알츠하이머, 치매 등이 있지만 히나호가 앓고 있는 건 그런 병이 아닌 것 같았다. 지금 내가 갖고 있는 부족한 정보로는 병명이 짐작조차 가지 않았다.

"환자… 라고 할 수도 있겠지만 확진은 나오지 않았어요. 아버지가 아무것도 하지 않으시니……."

"아무것도 하지 않으신다니……."

"저에게 히나호의 상태를 보고하라고는 하세요. 그런데 그것뿐이에요. 히나호를 여기로 부르는 일도 없고 정밀검사를 하는 것도 아니에요. 그저 실험용 쥐처럼 관찰하실 뿐이죠."

아무래도 부모 자식 사이란 복잡한 것 같다.

"이제는 괴로워요… 저런 상태의 히나호를 보기가 힘들고, 제가 할 수 있는 건… 적어도 저 아이가 주변 사람들과 문제가 생기는 일이 없도록 지켜보는 것뿐이어서……."

"우, 울지 마, 사키……."

사키가 눈물을 뚝뚝 흘리며 울기 시작했고, 지금까지

보여 준 모습과는 다르게 감정을 드러내는 그녀를 보며 어느 쪽이 진짜인지 혼란스러웠다.

여자아이가 눈앞에서 우는 상황을 경험한 적이 없는 나였기에 잠시 동안 멍하니 그 모습을 바라보는 것 말고는 아무것도 할 수 없었다.

"여기는 이렇게나 좁은 세계가 전부인 곳이에요. 거의 모두가 아는 사이라고요. 그런데 히나호는 그 안에서 많은 사람들을… 분명히 잊고 있어요. 앞으로도 잊어 가겠죠. 언제 밑천이 드러날지 몰라요. 저 역시도 언젠가는 그 애를 완전히 보호하지 못하게 될 거라는 생각은 하고 있었어요. 그런데……."

사키는 훌쩍거리며 눈물을 훔치고 호흡을 가다듬었다.

"당신이 오면서 단번에 한계를 넘어버렸어요."

"어? 나?"

"그래요. 당신은 이 지역 사람이 아니에요. 아까 말했듯이 언젠가는 떠나겠죠. 어차피 떠날 거라면 히나호의 상처가 깊어지기 전에 떠나 주세요. 이 이상 관여하지 말아 주세요."

조금 감정적이게 된 것인지, 사키의 논지가 정리되지 않는다.

무슨 말인지는 알겠다. 다만 히나호에 대해 내가 모르는 것들이 많았다. 여기서 당사자도 아닌 우리 둘이 언쟁을 벌인다 한들 해결할 수 있는 것도 아니지만, 사키는 히나호에게서 나를 떨어뜨리고 싶은 거겠지.

"조금만 생각할 시간을 줘."

불확실한 정보들도 너무 많았다. 지금은 무슨 말을 한다고 해도 전부 닿지 않을 거다.

나는 별 볼 일 없는 재수생이지만 바보는 아니다. 판단을 하기 위해서는 정보가 필요했다.

일단은 이야기를 끝맺고 텐트로 돌아왔다.

정신을 차리고 보니 22시였다. 진료소에서 2시간 정도 이야기를 한 것 같은데 그 사이에 사키 아버지의 기척은 느낄 수 없었다.

"시골이라……."

이곳은 도시와 다르다. 사람들은 저마다 서로에게 영향을 미치면서 살아가고 있고, 이런 모습을 사키는 '좁은 세계'라고 표현했다. 그렇다면 도시는 넓은 세계인가.

하늘을 올려다보니 벌써 여름 별자리로 가득차 있었다.

"여기서 물러나면 내 기억에도 응어리가 남게 될 거야."

나는 호기심과 지식에 관해서라면 욕심이 많은 편이었다.

하물며 나는 내 멋대로 히나호가 같은 목적을 가진 동지라고 생각하고 있었다.

"내버려 두는 것도 영 찜찜해… 그린플래시 한번 보겠다고 온 여행이었는데 뜻밖에 할 일이 많을 것 같군."

나의 행동 방침은 정해졌다. 결정했다면 남은 것은 움직이는 것뿐이다.

"매일 히나호를 만나 조금씩 더 알아가면서 나에 대한 기억을 상기시켜 줘야지."

애초에 히나호의 기억 어쩌고 하는 이야기는 사키에게 전해 들은 것이 전부였다. 물론 히나호의 상태가 이상했던 것은 나도 느끼는 바였다.

그래도 정보는 당사자가 가장 많이 가지고 있을 테니 히나호에게 진실을 듣고 싶다.

문제는 어떤 식으로 말을 꺼내야 할지인데…….

텐트에 누워 그런 것들을 생각하고 있는 사이에 동쪽의 낮은 하늘에는 벌써 가을 별자리도 떠오르고 있었다.

그랬다. 자연도, 우주도, 한 걸음도 멈추지 않고 시간을 새긴다. 시간은 계속 흐르는데 이대로 멈춰 있을 수는 없다.

나도 히나호도.

이런저런 생각을 하다 의도치 않게 밤을 새고 말았기 때문에, 다음날은 천천히 일어나 식사를 한 뒤에 히나호에게 문자를 보냈다. 연락처를 교환하길 잘했다고 생각했다.

오늘은 토요일이고 학교도 쉴 것이다. 딱 좋았다.

✉ 오늘 오후에 바닷가가 아닌 곳에서 만나고 싶어. 단둘이서만.

보내고 난 뒤에야 조금 의미심장한 문자였나 하는 생각이 들었다.

답장은 점심때쯤 왔다.

✉ 그럼 카페에서 만날래? 2시쯤에는 갈 수 있을 거야.

2시. 즉 14시. 나처럼 캠핑을 좋아하는 사람들은 기본적으로 24시간제를 사용하지만 일반적인 사람들은 12시간제를 사용한다는 걸 이럴 때 느끼게 된다.

'기억'이라는 것에 대해서도 어제 밤새 생각을 했다.

어디까지가 인간에게 필요한 기억일까.

아마 대부분의 사람들에게 태어난 직후의 기억은 없을 것이다. 아주 어린 시절의 기억이란 웬만큼 인상 깊은 일이 아니라면 전부 잊게 된다. 사실 아버지가 돌아가시기 전인 6살 때까지, 내 기억에 아버지에 대한 인상은 거의 없었다. 평소에 집을 자주 비우셨기 때문에 나의 일상에 아버지는 없었다.

지금까지 일어난 모든 일들을 기억하고 있는 것도, 다녀온 곳들이나 만났던 사람들을 전부 기억하고 있는 것도 아니었다.

그럼에도 지금 내 일상에는 그 어떤 문제도 없으며 나는 계속 나로 남아 있다.

그것이 '기억'의 한 단면이다.

벼락치기지만 기억의 종류에 대해서도 외웠다.

단기 기억, 장기 기억, 의미 기억, 에피소드 기억, 작업 기억… 조사해 보니 여러 가지 기억이 있는 것 같았다. 금방 이해할 수 있는 내용은 아니었지만 이렇게 저렇게 대조해 보며 표면적으로나마 이해할 수 있었다.

그랬다. 나는 오늘, 히나호와 '기억'에 대한 이야기를 나누고 싶다. 그걸 듣고 나서 내 입장을 정할 것이다.

사키의 말처럼 서둘러 떠나는 게 좋을지 아니면…….

그러니 오늘은 사키 몰래 만날 것이다. 애초에 허락을 받을 필요도 없지만 노파심에 '사키에게는 비밀로'라고 적으려다 그만두었다. 히나호에게 쓸데없는 경계심을 불러일으키고 싶지는 않았기 때문이다.

나는 인터넷상에 있는 '기억'에 관한 기사들을 탐독했다. 잘 알려진 것들부터 널리 알려지지 않은 것들까지 많은 정보가 있었다. 기억에 얽힌 병이나 장애가 이렇게나 많았는지 놀라울 따름이었다.

다만 사키에게 들었던 것처럼 '사람에 대한 기억만 잊는다'는 병은 찾을 수 없었다. 물론 나같은 문외한이 검색만으로 찾을 수 없는 병들도 많을 것이다.

이런 사전 지식들을 알아 둔 후 약속 시간보다 조금 일찍 카페에 도착했다.

토요일 오후라 그런지 사람이 제법 많았다.

이 정도면 히나호를 아는 사람이 있을 가능성도 높았다. 그만큼 이 마을은 좁았다.

그리고 사키의 말대로라면, 히나호는 자기가 아는 사람들을 3일 정도 만에 잊는다.

그것이 얼마나 생활에 지장을 줄까.

나 같은 도시 사람들은 바로 옆집이라도 누가 살고 있는지 잘 몰랐고 다른 사람과 깊게 소통하는 일도 많지 않다. 도시는 한 번 만나도 곧 잊어버리고 마는 사람들이 존재하는 곳이다.

잊어도 되는 사람과 잊어서는 안 되는 사람. 이 둘을

구분 짓는 건 무엇일까? 그리고 잊어서는 안 되는 사람을 잊어버린다면 그것이 어떤 결과를 초래할까.

여러 가지 생각들을 정리하며 히나호에게 무엇을 어디까지 물어봐야 좋을지 시뮬레이션해 보았지만 그것도 결국 쓸데없는 생각에 지나지 않았다. 이런 생각들도 히나호를 보는 순간 전부 다 사라지고 말았기 때문이다.

"헤이, 소마!"

나를 발견한 히나호가 반갑게 손을 흔들며 부드러운 미소를 지었다. 그녀는 주문을 하고 내가 앉아 있는 테라스 쪽 테이블로 왔다.

"오늘은 왜 여기로 불렀어? 어차피 만날 건데 바닷가에서 보면 안 되는 거야?"

나와 저녁에 만나는 것이 히나호에게는 기정사실처럼 되어 있는 듯했다. 어제의 그녀와 오늘의 그녀 사이에 나라는 존재가 아직은 확실히 있었다.

무슨 말부터 꺼낼까 꼬박 하루를 고민한 끝에 '역시 이거겠지…' 하고 결정한, 비장의 카드를 먼저 꺼내기로 했다.

"사실… 이거, 나도 가지고 있어."

"어머?"

그린플래시 사진이다.

"역시… 그럴 줄 알았어! 그렇지 않으면 여기로 오지 않았겠지! 그런데… 응?"

사진을 보던 히나호가 뭔가를 깨달았다.

"혹시 이거… 진짜 사진이야? 내 사진은 잡지에서 오린 건데……."

그랬다. 이건 사진이었다. 원판에서 인화한 진짜 사진.

디지털 인화로 인해 지금은 보기 힘들어졌지만, 이렇게 전용지에 인쇄한 '진짜 사진'에서 풍기는 존재감은 격이 달랐다. 게다가 '진짜 사진'에만 있는 해상력과 깊이감이 있었다.

"멋지다……."

히나호는 잠시 동안 그 사진을 들여다보았다.

"같은 사진인데 완전히 달라. 굉장해… 어디서 샀어? 나도 갖고 싶은데……."

역시나 히나호는 이 사진에 관심을 보였다. 종이에 프린트된 것과 원판을 인화한 것은 그만큼 차이가 난다.

"이거, 산 거 아니야."

"응?"

"이 사진을 찍은 건… 내 아버지야."

"…말도 안 돼!"

히나호는 카페 테라스가 울릴 정도로 큰 목소리로 외쳤다. 그러고는 황급히 스스로 입을 틀어막았다.

"그런데… 내 기억 속에 아버지는 거의 없거든."

사진을 손에 쥔 히나호의 몸이 조금 떨리는 것 같았다.

"어, 어떻게 된… 일이야?"

'기억에 없다'는 말에 반응한 것 같았다. 나는 말을 이어 갔다.

"아버지는 내가 6살 때쯤 사고로 돌아가셨어. 사진작가로 여기저기 돌아다녀서 집에 별로 계시지도 않았고… 솔직히 지금 기억하고 있는 아버지의 얼굴은 사진으로 본 게 전부야."

"그렇구나……."

히나호의 얼굴이 약간 어두워졌다. 누가 들어도 웃는 얼굴로 반응할 수 있는 이야기는 아니었지만, 히나호의 경우에는 또 하나의 특별한 사정이 마음에 걸리는 것 같았다.

"나는 말했듯이 재수생이야. 대학 입시에 실패해서 앞날이 캄캄했지. 고등학교 때 친했던 친구들과도 소원해져서 4월을 혼자 맞이했어."

나는 히나호에게 지금의 나를 먼저 드러내기로 했다. 이것은 그녀에게 다가가기 위한 밑거름이었다.

"그때 아버지가 찍은 이 사진이 생각났어. 아버지가 작업실로 쓰던 방에는 지금도 이 사진이 크게 걸려 있거든. 매일같이 봐온 사진인데 갑자기 너무 끌리더라. 저곳에 가서 그린플래시를 보지 않으면 안 되겠다는… 그냥 그런 마음이 들었어. 그래서 이곳에 온 거야."

히나호는 조용히 나의 이야기를 듣고 있었다. 표정은 그 어느 때보다 진지했고 불안한 것처럼 보이기도 했다.

"나는 아주 어릴 때부터 이 사진을 봐 왔지만, 대학 입시에 실패하고 모든 것을 잃고 난 뒤에야 느껴지는 것이 있더라. 지금은 이 광경을 보는 것이 나의 희망이고 시작이라고 생각해. 내 모든 과거를 이 사진으로 다시 칠하고 싶어서 이곳에 온 거야."

"과거를 다시 칠하고 싶다고?"

"응, 전부 없던 것으로 하고 새로운 내가 되고 싶어……."

"그, 그건… 그건……."

히나호는 뭔가 말을 하려다 멈췄다.

"…그렇게 생각했었어."

"어?"

그랬다. 진심으로 그렇게 생각해서 이곳에 왔다. 그런데 방향이 조금 달라졌다.

"과거는 과거야. 변하지 않아. 지운다고 해도 사실은 남아 있지. 그래서 지금은 모든 걸 받아들이고 앞으로 나아가기 위해 그린플래시를 봐야겠다고 생각하고 있어. 너는 어때?"

"나…?"

"응, 기적을 보고 싶다고 했지? 나는 네가 진심으로 바라는 기적이 뭔지 알고 싶어. 그래서 너에게 내 이야기를 한 거야."

"무슨 말을 하는 건지… 모르겠어……."

히나호는 곤란한 얼굴로 고개를 숙였다.

아니, 그녀는 알고 있었다. 내가 그녀의 비밀에 대해 눈치채고 있다는 것을 느꼈을 것이다.

사키의 추측이 맞는지, 히나호 자신은 스스로를 어떻게 느끼고 있는지, 이런 부분들의 단서를 조금이라도 얻고 싶었다. 지금은 정황 증거밖에 없기 때문에 다음 선택지를 선택할 수 없었다.

내가 가진 선택지는, '이곳을 떠나는 것'과 '머무르는 것'이다. 일단은 이 단순한 선택지 중에 골라야 했다. 그

판단의 근거는 아마도 히나호에게 달렸을 것이다.

"버섯을 가지고 온 나랑 바닷가에서 만난 날, 기억하지?"

"응? 응… 물론이지. 그야, 바로 그저께 일이잖아."

우리는 그날 이후 계속 만났다. 즉, 사키가 말한 '3일 안에는 히나호와 만나야 한다'는 조건을 충족시키고 있었다.

나는 계속 밀어붙였다.

"그럼 버섯전골을 먹어 보고 싶다고 했던 건?"

그건 산에 들어가기 전에 히나호가 내게 했던 말이지만, 사키의 말이 맞다면 히나호는 그때의 나를 이미 잊었을 것이다. 그리고…….

"무, 물론 기억하고 있지! 버섯은 직접 따서 먹는 게 묘미라고…! 그래서 나도 그린플래시를 직접 찍고 싶은 거라고 했었잖……."

그랬다. 그 말이 듣고 싶었다. 지난번 질문까지 포함해서 생각하면 사키나 나의 추측은 아마 맞을 것이다. 히나호에게 '에피소드 기억'은 분명히 남아 있다.

어려운 내용들을 다 이해할 수는 없었지만, 벼락치기로 공부한 것 중에 에피소드 기억에 대한 이야기가 있었다. 경험과 체험에 관련된 기억이라고 했다. 그리고 여기에는 의미나 감정, 장소나 시간과 같은 정보들이 기록되어 있다고 한다.

히나호의 기억 속에 이 체험들은 분명히 있었고, 대화 내용도 기억하고 있다는 뜻이었다. 그렇다면……

"그곳에… 정말로 내가 있었어?"

"어?"

순간적으로 히나호는 당황하며 표정이 어두워졌다.

"그곳에… 내가 있었어?"

"이, 있었어! 분명! 아마도… 그러니까……"

거짓말을 잘하지도 못하면서 계속 거짓말을 하고 있다.

짐작하건대 '마쓰자키 소마'라는 사람의 정보와 그녀 자신의 체험을 필사적으로 연결시켜 유사한 기억을 만들어 냈을 것이다. 그리고 그러기 위해서는 언제나 사키가 알려 주는 정보가 필요했을 것이다.

그러나 지금 여기에는 사키가 없기 때문에 그런 정보를 얻는 것은 불가능했다. 나의 정면 돌파로 인해 히나호가 만들어 낸 허구의 기억, 그 아성의 일각이 무너진 듯 보였다.

아니, 이것은 히나호가 만들어낸 허구의 기억이지만

정말로 있었던 일이기도 했다. 히나호는 기억을 제대로 만들어냈다.

　그러나 내가 정면 돌파로 그 부분을 지적하자 그것은 확증이 없는 것으로 변하고 말았다. 히나호에게 그건 굉장히 애매하고 모호한 기억일 것이다.

　"히나호, 진정해. 난 너를 비난하고 싶은 게 아니라 확인하고 싶은 것뿐이야."

　"……."

　"그저께 버섯을 가지고 너에게 갔던 날… 난 어떤 위화감을 느꼈어. 그때 너는 내 얼굴을 보며 이렇게 말하고 있었어. '이 사람은 누구지?'"

　"아, 아니야! 그런 말 한 적 없어!"

　"말은 하지 않았지. 그런데 눈도 입만큼 정확하다는 거, 알고 있어? 너의 표정과 시선이 그렇게 말하고 있었어. 금방 기억을 연결시킨 것 같았지만."

　"소, 소마…! 그, 그건… 그건 말이야!"

　정곡을 찔린 히나호는 이제 완전히 동요하고 있었다.

　사실 이것이야말로 내가 보고 싶었던 모습이다. 이제서야 나의 추론과 상황이 부합되어 갔다. 남은 것은 확증뿐이었다.

"무서워하지 마. 나는 이제부터 너에게 다가갈 거야. 널 당황하게 했다면 미안해. 그래도 난 우리가 함께 그린플래시를 찾는 동료라고 생각하고 있어. 네가 바라는 기적과 내가 바라는 미래는 같은 그린플래시 안에 존재해. 그러니……."

나는 거기서 말을 끝냈다. 다가갈 수 있게 해 달라고 말하지 않았다. 그 말은 허락을 구하는 말인데 나는 이미 결심했기 때문이다.

그 앞에 있는 것이 밝은 미래일지 아니면 지옥일지… 나는 도무지 알 수 없었다.

쥘 베른은 그린플래시를 발견하면 자신과 타인의 마음을 읽을 수 있게 된다고 했다. 물론 그것은 쥘 베른이 창작한 세계의 이야기다.

그러나 우리들은 그런 이야기를 읽으며 감동을 받고 인생을 선택해 간다. 그렇기 때문에 넋두리든 거짓말이든 많은 이야기들이 계승되는 것이다. 우리는 현실만 보고 살아가지 않는다. 꿈도 꾸지 않는다면 이 세상은 이미 오래전에 끝났을 것이다.

"꿈을 꾸자. 나와 함께."

"아……."

히나호는 놀란 듯이 눈을 크게 떴다. 그리고 입술을 꽉 깨물고는 그런 모습을 보여 주고 싶지 않다는 듯이 고개를 숙였다.

"나는 그린플래시라는 꿈을 꾸기 위해 이곳에 왔어. 처음에는 과거를 덮으려는 마음이었지. 그런데 이곳에서 너를 만났어. 이제 내 꿈은, 너와 그린플래시를 보는 거야. 그리고 너는… 네가 바라는 기적을 꿈꾸면 돼. 그러니 나와 함께 꿈을 꾸자."

기억에 대한 이야기는 하지 않았다. 아마… 그 부분은 이제 우리 둘 다 이해하고 있기에 굳이 다시 언급할 필요는 없을 것이다.

나는 다가가기로 결정했으니 조급해하지 않을 것이다. 정보는 조금씩 정확하게 파악해 나갈 것이다. 오늘은 이걸로 충분했다.

방법은 정했다. 나는 이곳에 머무를 것이고 히나호와 함께 그린플래시를 볼 것이다.

물론 그렇게 결심했다고 간단히 볼 수 있는 게 아니라는 건 알고 있지만 포기하지 않고 바라면 소원은 이루어질 것이다.

노력은 반드시 필요하다. 우리에게 필요한 노력이란

저물어 가는 석양을 매일 바라보는 것이다. 그곳에 꿈의 다리를 놓기 위해서.

"괜찮겠어? 히나호."

"…아하하. 다가와버렸네. 정말."

조금 당황한 기색은 있었지만 히나호는 얼굴을 들고 수줍게 웃었다. 그러고는 눈물을 닦으며 나를 똑바로 바라보았다.

"나 오늘을… 절대 잊지 않을 거야. 꿈을 꾸게 해 줘."

"그래. 나도 잊지 않을게. 같이 꿈을 꾸자."

나는 깨달았다. 아직은 사랑이라 부를 수 있을 만큼 자라지 않았을지도 모른다. 그러나 그저 풍경에 불과했던 소녀가 지금은 나의 기억에 새겨야 할 존재가 된 것만은 확실했다.

히나호에게 한발 더 다가간 이후 나와 그녀의 거리는 확실히 좁혀졌다.

날씨가 아무리 안 좋더라도 그녀와 만나지 않는 날이 3일을 넘지 않도록 했다. 3일만 넘기지 않으면 히나호는 그저 평범한 여고생이었다.

히나호는 하루하루를 즐기며 과거의 기억이나 경험을 쌓아 미래를 향해 갔고, 다른 사람들과 똑같은 일상을 살아갔다. 그 모습에 그늘은 보이지 않았다.

"요즘 둘 사이가 좋아 보이네요."

사키는 언제나 히나호 옆에 있었다. 이 둘은 아마도 정말 사이가 좋을 것이다. 하지만 사키가 히나호에게 보내는 우정은 일반적인 친구로서의 영역을 조금 넘어선 듯 보였는데, 이건 진료소에서 사키와 두 번 이야기를 나누며 받은 느낌이었다.

다만 그 이후로 사키와 마주보고 이야기할 기회가 없었고, 하루하루 별다른 문제없이 지내고 있었기 때문에 그저 친한 세 친구들이 항상 함께 어울리는 것처럼 보일 것이다.

이대로 계속되면 좋을 텐데…….

근본적인 문제는 계속 따라다녔다. 그렇다. 나는 언젠가 이곳을 떠나야 했다.

"그러고 보니 소마는 재수생인데 공부는 안 해도 괜찮아? 보통은 재수 학원을 다니든가 하잖아……."

"아픈 곳을 찌르네… 사실은 가고 싶은 대학도 딱히 없어서 별로 의욕이 나질 않아."

"그런 마음으로 해도 괜찮은가요? 실패했다고 해도 어딘가 지원은 했을 거잖아요? 그건 가고 싶던 학교가 아니었나요?”

나는 히나호와 사키의 사이에 끼여 집중 공격을 받았다.

여기에 온 지 3주가 지나고 나서부터는 사키와도 조금씩 마음을 터놓게 되었다. 그러나 우리 셋 사이에는 모종의 긴장감도 있었다. 나는 우리가 각자 어떤 비밀이나 의도를 가지고 있으며, 그것을 일부 공유하고 있는 상태라고 생각했다. 그 균형이 깨지면 어떻게 될까, 하는 불안감이 늘 공존하고 있었다.

이 동네에 대해서도 많이 알게 되었고, 계속 텐트 생활을 하다 보니 대중목욕탕을 자주 찾는 사람들이나 단골가게 주인들과도 많이 친해졌다.

이것이 ‘좁은 세계’라는 것일지도 모르겠지만 그렇게 불편하지는 않았다.

히나호와 사키의 고등학교도 전철로 30분 정도면 가는 듯했다.

“더 멀리 있는 고등학교도 있긴 했지만 결국 가까운 곳으로 골랐어. 선택지랄 게 거의 없었거든.”

히나호도 사키도 마을에서 가장 가까운 고등학교를 골랐다고 했다. 멀리 있는 고등학교를 다니려면 더 많은 시간과 돈이 들어간다는 사정 때문인지도 몰랐다.

오늘은 히나호가 학교에 있는 동안 동네를 돌아볼까 싶어 자전거 대여점을 찾아 자전거를 빌렸다.

작은 동네여도 나름대로 볼 곳은 있는 것 같았고 해안선을 따라 많은 지질공원이 있었다.

별 생각 없이 지도를 보고 있다가 문득 깨달았다.

"확실히 학교가 별로 없구나……."

인구가 적다는 것은 아이들도 적다는 뜻이었고, 그렇다면 필연적으로 학교도 줄어드는 게 당연했지만…….

"흐음……."

뭔가 걸리는 게 있었다.

그게 무엇인지 눈치채지 못한 채 나는 일단 자전거를 타고 돌아다녀 보았다. 거리에 돌아다니는 사람이 별로 없었다. 밭일을 하는 사람 몇몇만 보일 뿐이었다.

거리를 따라 달리다 보니 학교가 보이기 시작했다. 중학교 같았다. 운동장에서는 학생들이 체육 수업을 하고 있었다.

"역시 별로 없네."

도시에서는 생각할 수도 없는 인원이었다. 어쩌면 한 학년에 고작 몇 명 정도밖에 안 될지도 모른다. 학교의 규모도 작았다.

나는 지도를 다시 한번 보았다.

이 마을에는 초등학교가 둘, 중학교가 하나, 고등학교는 없었다. 과연… 고등학교는 마을 밖으로 다니는 수밖에 없었다.

"…잠깐만."

마을에 초등학교가 둘, 중학교는 하나.

사키는 계속 이 마을에서 살아왔다고 했다.

그렇다면 히나호는…?

히나호의 부모님은 어부라고 했다. 이 마을의 주민이기에 가질 수 있는 직업이었다.

고등학교의 선택지도 없었다고 했다.

어쩌면…….

"이건… 확인을 해 봐야겠어."

혹시나 내 예상이 맞다면 이건 생각보다 심각한 이야기였다.

오늘 저녁에 히나호를 만나면 넌지시 물어봐야겠다.

그런데… 오후부터 비가 내렸다.

✉오늘은 어렵겠어. 라는 문자가 도착했다.

히나호를 불러내도 상관은 없었지만 그것보다 사키를 만나는 편이 빠를 것 같았다.

아니, 오히려 내가 우려하는 사람은 사키였다.

나는 빗속을 걸어 진료소로 향했다. 사키에게 간다는 말은 따로 하지 않았다.

"오늘은 진료소가 열려 있네."

지금까지는 밤에 왔기에 불이 꺼져 있었다. 그러나 오늘은 불도 켜져 있었고 입구에서 들여다보이는 대기실에 사람들도 보였다.

"이럴 땐 어디로 들어가야 하지……."

지금까지는 사키를 따라서 진료소 출입구를 통해 들어갔다.

건물을 한 바퀴 돌아보니 건물 뒤쪽에 가정집으로 통하는 곳이 있었다. 여기가 집으로 오가는 출입구일 것이다.

그런데… 초인종을 눌러야 하나? 누르면 사키가 나올까? 다른 사람이 나오면 뭐라고 해야 하지.

이런 생각 때문에 순간 망설여졌다.

사키가 집에 돌아와 있을 시간이긴 했다. 히나호와 같이 있는 게 아니라면 집 안에 있을 것이다.

잠시 망설이다가 초인종을 눌렀다.

"울린 건가?"

아무 소리도 들리지 않았다. 인터폰도 없었기에 마냥

기다리는 수밖에 없었다.

얼마 지나지 않아 철컥, 하고 문 열리는 소리가 났다.

천천히 열린 문 너머에 사키가 서 있었다.

"어… 안녕?"

"무슨 일이에요? 문자라도 하고 오면 좋았을 텐데. 히나호는요?"

"아니. 오늘은 너를 만나러 왔어. 물어보고 싶은 게 있어서."

"물어보고 싶은 거라……."

하… 하고 사키는 한숨을 내쉬었다.

"들어오세요. 지금은 아버지가 진료 중이라 제 방으로 가요. 싫지만."

"'싫지만' 이라니……."

"보통 여자애 방에 들어가지는 않죠."

"아… 그럼, 다음에 올까?"

"아니요. 저도 마침 물어보고 싶은 게 있었으니 타이밍은 좋은 것 같아요. 히나호도 없고."

과연, 사키도 기회를 엿보고 있었던 걸까?

요즘 나는 히나호와 부쩍 사이가 가까워지고 있었다. 그 사실은 사키도 알고 있었고 나도 딱히 감출 생각은 없었다. 사키도 예전처럼 트집을 잡거나 태클을 거는 분위기는 아니었다.

그런데 오늘은 또 예전처럼 조금 긴장된 분위기를 풍겼다.

"차 좀 내올게요. 여기에 앉아 계세요. 움직이지는 마시고."

"응, 그럴게."

여자아이의 방에 들어오는 것은 솔직히 처음이었는데, 매우 불편한 느낌이었다. 전에 히나호의 집에 저녁을 먹으러 갔을 때도, 어떻게 보면 부엌이 히나호의 방이기도 했지만 그건 사정이 달랐다.

사키의 태도는 가끔 무서울 때가 있지만 그래도 귀여운 친구였고… 이렇게 들어와 있어도 괜찮은 걸까, 하는 알 수 없는 죄책감이 들었다.

"아니야. 지면 안 돼. 지금 확실히 물어봐야 해."

분명히 해 두지 않으면 안 되는 것이 있었다.

사키는 어째서 내가 산에 들어가기 전, "살해당해도 몰라요"라는 말을 했을까.

그리고 바닷가에서 히나호가 나를 의아한 듯 올려다보았을 때 "거봐, 살해당했지."라고 했을까.

격한 표현이라고 생각했고 몹시 위화감을 느꼈다.

나는 그 위화감의 정체를 확인하기 위해 온 것이다. 잠시 후 사키가 돌아왔다.

우리는 작은 유리 테이블을 사이에 두고 앉았다.

"그래서, 무슨 일이에요? 먼저 말씀하세요."

"아니야. 너 먼저 말해도 돼."

누가 먼저 말할지 정하는 것도 꽤 어색했다. 가능하다면 사키가 물어보고 싶은 것을 먼저 알고 싶었다.

"음, 괜찮겠죠. 히나호와 뭔가 있었는지 사이가 좋아진 것 같지만… 어떻게 하실 건가요? 이곳을 떠날 거라면 슬슬 그 타이밍이 온 게 아닐까 싶은데… 그럴 생각은 없어 보이네요."

"응. 그럴 생각은 없어. 나는 히나호에게 끌리고 있어. 그건 확실해."

"엇… 그, 그런 이야기를 저한테 해도 되나요? 히나호한테는 말했어요?"

"아니, 아직… 본인한테는 아직 말할 수 없어……."

"그건… 어쩐지 비겁하네요."

나와 히나호의 분위기가 좋다는 것은 보면 알 수 있었다. 다만 아직은 히나호의 마음을 모르기 때문에 '친한 친구'의 경계는 넘지 않았다.

"뭐, 그런 이유로 나는 이곳에 좀 더 있을 거야. 네 입장에서는 곤란할지도 모르겠지만… 이쯤에서 나도 하나 물어보고 싶은 게 있어."

"뭔데요?"

"넌 계속 이 마을에 살았다고 했지?"

"네."

사키가 눈을 내리깔며 대답했다. 나의 예측에 확신을 더했다.

"히나호도 그렇고?"

"…!"

소리가 나지 않는 비명을 지르며 사키는 휙 얼굴을 들었다.

"이 마을에 중학교는 하나밖에 없어. 혹시……."

사키의 몸이 가늘게 떨리고 있었다.

확신했다. 나와 히나호만이 아니었다. 그녀에게도 마주 봐야 할 과거가 있는 것이다.

"나는 히나호를 소중하게 생각하고 있어. 이건 함께 그린플래시를 좇는 동료로서의 의미도 있지만 그뿐만은 아니야. 너도 히나호한테는 중요한, 아니 어쩌면 이런 말로 표현할 수 없을 정도의 존재일 테지. 그건 나에게도 굉장히 중요한 사실이고. 말해 주지 않을래?"

사키는 필사적으로 버티다가 끝내 고개를 떨구었다. 사실은 내가 그녀의 일까지 파고들면 안 되는 것일지도 몰랐다. 그러나 히나호와 사키의 연결 고리는 지금까지 내가 느꼈던 것보다 훨씬 깊은 것이었다.

그렇다면 히나호를 아는 것은 사키를 아는 것이기도 했다.

그리고… 그 과거가 만약…….

"맞아요…….""

작고 낮은 목소리로, 나와 눈을 마주치지 않으며 사키가 대답을 했다.

"제가… 가장 먼저 히나호에게 살해당했어요… 저는 그 애의 소꿉친구예요."

제3장

어두운 기억의
바다

사키

"제가… 가장 먼저 히나호에게 살해당했어요… 저는 그 애의 소꿉친구예요."

결국 걸리고 말았다.

이것만큼은 알려지고 싶지 않았는데.

하지만 언제까지고 숨길 수는 없었다. 언젠가 누군가는 알게 될 일이었다. 분명 히나호도 알게 되겠지.

이 마쓰자키라는 사람은 틀림없는 이분자였다.

나와 히나호의 세계에 들어온 이분자.

그리고 나와 마찬가지로 히나호에게 살해당했다는 것

을 알면서도 여전히 그 아이 곁에 머무는 곤란한 사람이다.

"미안해. 괴로운 일을 물어서……."

"아니요… 오히려 후련해요. 저 이외에 이 일에 대해 알고 있는 사람은 아버지와 히나호의 부모님뿐이에요."

"히나호의 부모님은 히나호의 상태를 알고 계신 거구나."

"네. 애초에 히나호가 사람에 대한 기억을 잃어버리게 된 것도 가족 문제 때문이에요."

말해도 되는 걸까.

그렇지만… 어쩌면 이 사람은…….

지금까지 히나호의 상황에 이렇게까지 깊게 파고든 사람은 없었다.

그러고 보니 지난번에 들었던 게 기억났다. 히나호가 좋아하는 그 사진을… 이 사람의 아버지가 찍었다는 이야기.

이건 기적일까? 혹시 그 애가 보고 싶어 하는 기적인 걸까?

어쩌면… 히나호를 맡겨도 괜찮은 걸까? 그렇게 되면, 나는…….

소마

역시 예상대로였다.

사키는 히나호의 소꿉친구다. 고등학교에서 알게 된 것이 아니었다.

그리고… 가장 먼저 '살해당했다'.

사키는 모든 사정을 알고 있는 것이다.

"무슨 사정인지 들려 줄 수 있을까? 물론 이런 건 히나호에게 물어봐야 한다는 건 알고 있지만……."

"지금은… 조금만 기다려 주세요. 다시 연락 드릴게요."

초췌한 얼굴로 사키가 말했다. '오늘은 여기까지'라는 느낌이었다. 그녀도 깊은 상처를 가지고 있었고 나는 그 상처를 파고들고 말았다.

"알겠어. 오늘… 미안했어."

"아니에요. 감사해요. 어쩌면… 앞으로 나아갈 수 있을지도 몰라요."

"앞으로?"

그녀가 말하는 '앞으로'가 어떤 의미인지 나는 알 수 없었고, 그녀도 대답해 주지 않았다.

그러나 오랜 고통 속에서 막다른 골목에 부딪힌 기분이 어떤 것인지는 알았다. 나도 그랬으니. 그리고 그곳에

빛이 닿으면 벗어날 수 있을 것 같은 기분이 든다.

그러니 나는 앞으로 나아갈 것이다. 히나호를 되찾고야 말 거라고 굳게 결심한 것은 이때였는지도 모른다.

다음 날은 비가 내렸다.

히나호의 얼굴을 못 본 지 꼬박 하루. 가능하면 오늘은 만나고 싶었다. 3일이라는 기준이 애매했기 때문에 나는 적어도 이틀에 한 번은 히나호를 만날 생각이었다.

그러나 일기예보는 비가 온다고 했다. 이렇게 되면 따로 부르는 수밖에 없지. 그린플래시가 아니고서야 만날 이유는 특별히 없었다. 지금으로서 나와 히나호는 그저 친구이자 동지일 뿐이다.

용건도 없는데 부르는 것도 조금 이상했다.

별다른 놀거리도 없는 마을이라 어디로 놀러가자고 할 수도 없었다.

어떻게 하면 좋을까.

남은 여행 경비를 확인하며 텐트에서 생각에 잠겼다.

"음… 최대한 절약하면 앞으로 한 달 정도는 버틸 수 있을까……"

저렴한 야영장에서 묵고 있었지만 아무래도 식비, 연

료비, 목욕비, 등등 여러 가지로 돈이 나갔다.

"그렇다면… 한 달 안에 히나호의 기억을 되돌리지 않으면 안 되는 건가……."

구체적으로 어떻게 해야 할지 전혀 모르겠다.

결심만으로 되는 거였다면 벌써 이미 히나호는 치료도 받고 사키도 저렇게 힘들어하지 않았겠지.

어딘가에 단서가 있지 않을까, 계속 생각해 보았지만 의사도 아닌 내가 뾰족한 방법이 생각날 리 없었다.

"의사라… 아니, 이건 심리학의 영역인가? 히나호의 이야기를 들어 보고 싶은데……."

어떻게 이야기를 꺼내야 할까.

애초에 히나호와의 접점은 그린플래시가 거의 전부였다. 가끔 저녁 식사에 초대를 받기도 했고 최근에는 꽤 자주 그랬지만, 거기까지였다.

나는 그녀와 어떻게 되고 싶은 걸까.

몇 번의 만남에서 그녀의 감정에 '틈'이랄까, 어떤 흔들림을 느꼈다.

아마 히나호 안에서도 어떤 위화감이 생기고 있는 것 같았다.

거기에 어떤 힌트는 없을까?

"결국… 사키의 정보를 기다리는 수밖에 없네…….."

히나호가 언제부터 그랬는지 나는 아직 그것조차 알지 못했다.

히나호 본인이 했던 말로 미루어 짐작컨대, 최근 1년이나 2년… 말하자면 그린플래시를 보고 싶다고 생각한 그 즈음인 것 같지만 추측일 뿐이었다.

그리고… 원인.

뭔가 있을 것이다. 가족에 관한 일이라고 했다.

나는 대학 입시 실패라는 과거를 지우고 싶어서 이곳에 왔다.

그러나 그들에 비하면 내 고민 따위는 하찮은 것이었다. 다시 노력한다면 나는 다른 사람들과 같은 무대에 설 수 있다. 대학 입시는 매년 있고, 대학에 들어가는 데 나이 제한이 있는 것도 아니었다.

하지만 히나호가 잃어버린 기억과 그 시간들은…?

이젠 돌이킬 수 없는 걸까?

히나호와 사키가 쌓아올린 시간들은… 이제는 돌아오지 않는 걸까?

그리고 나와 히나호의 첫만남도… 사라지고 마는 것인가?

그건 싫어.

다시 생각해 보니 지금의 히나호가 첫 만남을 기억하지 못하고 있다는 것이 역시나 슬프고 아쉬웠다. 그렇게 생각하니 사키의 절망은 어느 정도였을지…….

1년 이상이었다. 사키는 고등학교에서 처음 만난 친구인 것처럼 1년 이상 연기하며 히나호의 옆에 있어 주었다. 존경스럽다. 나는 그렇게 할 수 있었을까.

반대로 지금 내가 히나호에게 해 줄 수 있는 것은 무엇일까. 히나호가 잊은 것은 만난 지 며칠 안 된 나였다. 그 이후로 다시 시작해도 늦었다고는 생각하지 않는다. 아주 조금, 따끔하긴 하지만.

그렇다면 한걸음 나아가자. 히나호를 불러 시간을 보내는 정도는 괜찮을 것이다. 여기까지 생각한 나는 핸드폰을 꺼냈다. 또다시 잊히는 거에 비하면 잠깐 놀러가자고 부르는 일은 별거 아닌 것처럼 느껴졌다.

다만 진전이 없었다. 문장을 쓰고 지우고, 쓰고 지우고를 반복하는 동안 눈 깜짝할 사이에 30분 정도가 지나갔다.

여자아이를 불러내는 것이 이렇게 어려울 줄이야. 연습이라도 좀더 해 둘 걸 그랬다고 생각하던 그때, 핸드폰에 진동이 울렸다.

"으악!"

나도 모르게 떨어뜨릴 뻔했다. 여기서 핸드폰이 고장 나 수리비까지 내면 여행 자금에 타격이 컸다. 위험했다.

핸드폰을 확인해 보니 히나호의 문자였다.

✉여기로 오지 않을래? 오늘은 날씨도 안 좋고… 저녁에 못 만날 것 같아서.

문자에는 역의 이름이 적혀 있었다. 이곳에서 30분 정도 떨어져 있는 역이었다. 히나호의 고등학교와 가까운 역일 것이다.

"선수를 뺏겼네. 히나호가 나보다 더 배짱 있다니까… 아, 아닌가? 어쩌면 별 뜻 없이 보냈을지도……."

조금 의기소침해하면서도 바로 가겠다고 답장한 뒤에 가까운 역으로 뛰어갔다.

사키도 함께일까? 지금까지의 패턴을 생각하면 아마도 그럴 것이다. 음, 나 혼자 있어서 긴장하는 것보다 차라리 그 편이 더 나을지도.

이런 생각들을 하며 열차에 탑승해 히나호가 알려 준 장소로 향했다.

히나호는 금방 알아볼 수 있었다. 교복을 입은 여고생들은 주위에도 많았지만 히나호는 교복이 특히 더 잘 어울렸다.

"안녕, 많이 기다렸지?"

"앗, 소마! 어서 와!"

팔랑팔랑 손을 흔들며 인사를 하는 모습이 여느 때와 다름없는 히나호였다. 그러나 바닷가에 우두커니 앉아 있을 때와는 다르게 마을 풍경에 섞이니 평소와는 다른 존재감이 있었다.

"사키는 아직 안 왔어?"

"응? 사키는 안 와. 오늘은 안 불렀거든."

"앗, 그래?"

예상 외의 대답이었다.

그 둘은 언제나 같이 있었다. 학교도 같이 다니고 집에 가는 방향도 같으니 감시자인 사키가 있는 게 당연할 거라 생각했다.

"사키도 부를 걸 그랬나……."

"아, 아니! 그런 뜻이 아니라!"

조금 뾰로통한 표정을 지으며 토라진 듯한 히나호를 황급히 달랬다.

"풋, 장난이야. 음… 여러 가지 생각을 해 봤는데, 오늘은 해도 안 보이고… 그래서 소마랑 데이트를 해 볼까 해."

"데, 데이트?"

"응. 내가 이런 상태니까 어쩌면 남자와 데이트를 할 기회는 이제 없을지도 모른다고 생각했어."

히나호가 자신의 머리를 콩콩 때렸다.

저번에 나눴던 대화가 영향을 줬을지도 모른다.

"히나호라면 얼마든지 찬스가 있을 거 같은데."

"그게 실제로는 없답니다. 아, 전에 사키가 말했었지?"

그러고 보니 그런 말을 했었다.

"그런가… 나라면 불러 줘서 영광이지. 나도 보고 싶다고 생각하고 있었어."

"오……."

"아, 아니, 그게 사실, 나도 여러 가지 일이 있었거든."

"흐음… 그래, 알았어. 어디 갈까?"

"불러 놓고 계획은 없는 거야?"

"데이트는 남자가 리드하는 거 아니야? 내가 읽는 책에선 다들 그러던데?"

"데이트는 좀더 계획적으로 하는 게 아닐까? 내가 읽는 책에선 다들 그러던데."

"어머… 연애물도 남녀가 읽는 게 다르구나?"

"아마 그렇겠지?"

여기까지 말하고 우리는 서로 얼굴을 마주보고 크게 웃었다.

"아하하! 너무 웃겨! 이렇게 웃은 적 오랜만이야!"

"아, 정말. 생각해 보니 나도 한동안 이렇게 웃었던 적이 없네."

어쨌든 오늘은 히나호의 얼굴을 볼 수 있어 마음이 한시름 놓였다.

이런 만남을 계속 이어 가야 했다. 이 모든 상황들을 계속해서 이어 가고 있는 사키가 진심으로 대단하다는 생각이 들었다. 한순간의 방심으로 살해당하는 셈이니 말이다. 그렇게 생각하니 3일은 정말 짧은 시간인데, 그 기간이 정확하지도 않았기 때문에 아무래도 앞당겨서 만나야 했다.

날씨가 맑다면 매일 만나겠지만 3일 내내 날씨가 안 좋으면 어떻게 되는 걸까. 이번에는 그런 생각을 하게 만들었다.

딱히 갈 곳은 없지만 일단 번화가 같은 곳을 걷기로 했다. 하지만 히나호에게는 뭔가 목적이 있는 듯했고 망설임도 없이 어느 한 모퉁이를 향해 걸어갔다.

"게임 센터?"

"응! 저것 봐! 인형 뽑기야. 소마 저거 잘해?"

히나호는 인형 뽑기 기계 중 하나를 손으로 가리켰다.

"저거! 저게 갖고 싶은데 나는 잘 못하거든."

"뭐야, 이 못생긴 펭귄은?"

"못생겼다니. 이게 얼마나 귀여운데."

여고생의 미적 감각은 이해할 수가 없다.

그래도 갖고 싶다고 하니 뽑아 줄 수밖에. 인형 뽑기를 해 본 적은 없지만… 뭐 어떻게든 되겠지.

"소마 진짜 못하더라……."

"시끄러워."

여행 자금의 일부가 사라졌지만 다행히 하나는 건질 수 있었고, 20센티미터 정도 되는 못생긴 펭귄 인형 하나가 히나호의 품에 안겨 있었다.

"재밌다. 고마워."

히나호는 옆에서 성원과 야유를 보내기만 했을 뿐인데 그래도 재밌었을까? 그래. 나도 재밌었으니 분명 그랬을 것이다.

"벌써 시간이 이렇게 됐네? 학교만 파하면 저녁까지는 눈 깜짝할 사이라니까. 앞으로 30분 후면 벌써 그린플래시의 시간이야."

"빛난다면 말이지."

"빛날 거야! 매일 빛나지만 보이지 않을 뿐이라구!"

과연 그건 그랬다.

태양에서는 매일 녹색 빛이 나오지만 우리 눈에 보이지 않을 뿐이다.

기억도 비슷할지 모른다.

평소에 의식하지 않는 기억. 오래된 기억이나 그다지 중요하지 않은 기억들은 잊어버리기도 하고, 어지간히 기억해 내려 하지 않는 한 떠오르지 않는다. 그곳에 존재하지만 우리 눈에 보이지 않는 그린플래시와 비슷하다는 생각을 했다. 나와 히나호는 그 빛이 우리에게 닿을 그 순간의 틈을 기다리는 것이다.

그렇다면 기억은? 기억에도 그런 틈이 있을까? 히나호의 기억은 단단히 잠겨 있어 옛날을 기억해 낼 수 없는 걸까? 왜 그렇게까지 단단히 잠긴 건지 그 계기까지는 알 수 없었다.

"소마, 아직 시간 괜찮지?"

"응, 괜찮아. 난 야영장에서 지내니까 신경 쓸 것 없어."

"맞다! 그랬지? 샤워는 하고 있어?"

"당연하지. 이래 봬도 하루라도 목욕탕을 안 가면 찝찝해 죽는 스타일이라고."

"그렇구나. 그런데 목욕탕은 지금 가면 늦지 않아?"

"아."

그랬다. 대중목욕탕은 일찍 문 닫는 곳이 많았다. 저녁이 되기 전에 들리곤 했는데 오늘은 어려울 것 같다.

"소마만 괜찮다면 우리 집에서 씻어도 돼."

"음, 아무래도 그건 좀…….""

"좀 그런가?"

쿡쿡 웃으며 밥이나 먹고 가자는 이야기로 흘러갔다.

번화가라 그런지 주위에는 히나호와 같은 학교 교복을 입은 학생들이 많았다.

몇 명이 오가며 뱉은 말 중에 갑자기 귀에 들려오는 소리가 있었다. 나는 귀를 의심하며 멈춰 섰다.

"쟤 미사키 아니야?"

"와… 남자가 있었네? 불쌍하다. 저 남자 금방 까먹고 버려질 것 같아."

"그러게 말이야, 나도 작년에 쟤랑 같은 반이었는데 연휴가 끝나니까 완전히 '누구지?' 하는 얼굴로 쳐다보는 거야. 어이없더라."

"이상한 애네."

"응. 조금 이상해, 쟤."

여럿이 모인 학생들이 이쪽을 쳐다보며 우리를 개의치 않고 말하는 것이 들렸다. 히나호는 입술을 깨물며 그 말들을 못 들은 척하고 있었다.

"나는 괜찮아… 쟤들은 잘못한 거 없어. 나쁜 건 나야."

히나호는 내 쪽을 보지 않았다. 그녀의 어깨가 떨리고 있었다.

"가자."

나는 히나호의 얼굴을 보지 않은 채 손을 끌고 그 자리를 벗어났다.

히나호는 분명 울고 있었다. 내가 멈춰 서지 말았어야 했는데… 이것이 바로, 히나호의 일상이구나…….

일단 그 자리를 벗어나고 싶어서 히나호의 손을 꼭 잡고 걸어갔다.

"저, 저기… 소마, 조금 아픈데……."

"어? 앗, 미안해. 나도 모르게 그만……."

나는 황급히 손을 놓았다. 동의도 없이 손을 잡거나 하는 건 좋지 않은 매너였다.

"강압적이던데, 소마."

"아… 아니… 아까는……."

"크크, 농담이야. 고마워."

히나호는 약간 당황해하는 듯했지만 결국은 환하게 웃어 주었다.

"있잖아. 스티커 사진 찍고 가지 않을래?"

히나호가 말했다.

"갑자기 무슨 스티커 사진?"

"음… 그냥 부적 같은 거랄까?"

그렇게 말하니 거절할 이유는 없었다. 히나호의 제안이 어떤 의미인지 알 것 같았기 때문이다. 조금이라도 더 오래 기억하려는 마음이겠지.

사진에 대한 기억은 어떨까. 만약 나를 잊은 후에 같이 찍은 사진을 본다면 어떤 생각이 들까.

아니다. 그런 생각은 하지 말자.

스티커 사진 같은 건 처음이었지만 히나호와 이러쿵저러쿵하면서 꽤 재미있게 사진을 찍었다.

그 안에는 두 사람의 미소와 행복했던 시간이 담겨 있었다. 이 시간은 분명히 존재했으며, 두 사람은 함께 있었다.

나에게는 이 사진 한 장이 왠지 매우 애틋하게 느껴졌다.

히나호가 사진 하나를 핸드폰 뒷면에 붙였기 때문에 나도 하나를 받아서 붙여 두었다.

그 뒤로는 밥을 먹기 위해 식당을 찾았고, 적당한 곳을 발견해 들어갔다.

"오늘 고마워. 그리고 아까는 미안했어. 이상한 이야기를 듣게 했네. 밥은 내가 살게. 내 고마움과 아까 전 일에 대한 사과의 마음이야."

히나호는 그렇게 말하고 가방에서 펜을 꺼내 아까 뽑은 인형 등에 뭔가를 쓰기 시작했다.

"뭘 쓰는 거야?"

"'소마'라고 쓰는 거야. 잊지 않도록."

"어?"

히나호가 보여준 곳에 히라가나로 내 이름이 적혀 있었다.

히나호의 눈동자가 흔들리는 것이 보였다.

"내가 오늘 소마를 불러낸 이유는… 사실은 이 이야기를 하고 싶어서였어."

히나호는 앉은 자세를 바로 하고서 인형을 자기 옆에 두었다.

"지난번에… 소마가 내게 다가와 줬지? 꿈을 꾸자고."

"어……."

"나 말이야. 그때부터 계속 생각했어. 내 꿈은 무엇일까… 그린플래시를 보는 걸까. 그럼 만약 그린플래시를 보면 그 다음부터 내 꿈은 무엇이 될까… 하고 말이야."

"그래 맞아… 나도 가끔 그런 생각을 해. 그렇지만 앞으로의 일은 아무것도 정해지지 않았어. 일단 그린플래시를 보고 싶다는 게 지금의 내 마음이야."

"그렇지? 우리는 왠지 닮은 것 같아."

식사가 나오자 우리는 이야기를 끊고 일단 배를 채웠다. 나는 음식을 먹으면서 지금 히나호가 무슨 말을 하려는 것인지 생각했다. 이번에는 히나호가 내게 다가올 거라 생각하자 조금 두근거렸다.

그린플래시를 좇아 도착한 곳에서 이렇게까지 버라이어티한 나날을 보내게 될 줄은 생각지도 못했다.

배를 채우고 나서 우리는 다시 이야기를 시작했다.

히나호는 새삼스럽게 나를 똑바로 바라보았고 한번 크게 심호흡을 한 뒤에 분명하게 말했다.

"저는 소마를 한번 잊었습니다. 이미 눈치채고 있었지?"

"…어, 알고 있었어."

마음 깊은 곳이 형언할 수 없는 아픔으로 떨려 왔다.

물론 이 사실은 얼마 전 나눈 대화로 알고 있었지만, 이렇게 본인에게서 확실히 들으니, '아… 역시…' 하고 생각보다 심하게 낙담하는 나를 발견할 수 있었다.

"미안해. 그런데 난 언제 잊었는지도 모르겠어. 잊었다는 걸 자각할 수 없거든. 그때 사키가 옆에서 힌트를 줘서 내가 소마를 잊었다는 걸 자각할 수 있었어."

"그렇구나……."

나도 사키에게 들어서 알고 있었다. 그런데도 충격이 너무 커서 말이 나오지 않았다. 히나호의 이야기에 맞장구를 치는 것이 고작이었다.

"그런데 정말 신기해. 그런 식으로 사키가 정보를 알려 주면, 내 머릿속에서 그 사람일 것 같은 인물과 경험했던 일들을 전부 선명하게 떠올릴 수 있게 돼. 영화를 보듯이 세세한 부분까지도 기억하고 있어. 내가 묘하게 기억력이 좋아서, 한 번 읽은 책은 어디에 어떤 내용이 적혀 있는지 다 기억하고 있거든. 한번 시험해 봐."

히나호는 가방에서 책 한 권을 꺼내 나에게 주었다.

"그건 저번에 읽은 책이야. 어떤 페이지라도 괜찮으니까 찍어 주면 읊어 볼게."

히나호는 사람에 대한 기억은 잃는 반면 사건이나 일

화에 대한 건 정확하게 기억하고 있었다.

그건 예측이 가능했다. 만약 그렇지 않았다면 지금 나를 '예전에 만났던 것 같은 사람'으로 끼워 넣을 수도 없기 때문이다.

하지만 아무리 그렇다 해도 책을 통째로 기억하는 것이 가능한 일일까.

나는 적당한 페이지를 펼쳐 시험해 보았다.

"그럼… 38쪽의 아홉 번째 줄."

"음… 그 부분은… '거문고자리의 베가였다. 견우직녀 설화의 직녀성이기도 한 베가는 여름 하면 떠오를 만큼 이 계절에 딱 보기 좋은 별이다.' 어때?"

"정답! 그러면… 251쪽의 다섯 번째 줄."

"음… '현재 일본 내 심장이식 수술 성공률은 높은 편이다. 기증자가 나타나 수술에 성공하고 예후가 좋으면 10년 생존율은 90%를 넘는다고 한다.' 맞지?"

단 한 마디도 실수가 없었다. 더구나 히나호는 지금 기억을 더듬어 떠올리는 게 아니라 눈앞에 있는 책을 읽고 있는 것과 다름없을 정도로 막힘이 없었다.

"이건 엄청난데… 굉장해."

"기억이라기보단 사진 같은 느낌이야. 한 번 본 건 전부 다 그대로 눈앞에 있는 것처럼 떠올릴 수 있어. 그런데 이상하지. 사람 얼굴이나 이름 같은 것만 깨끗하게 빠져 버려. 소마의 경우도 그랬고. 만약 그때 소마가 오지 않았 다면 잊은 것조차 몰랐을 테고, 사키가 없었다면 기억을 연결하는 것조차 할 수 없었을 거야. 내 머릿속은 조금 이 상하거든."

히나호는 쓸쓸해 보이는 미소를 지었다.

"이런 이상한 애… 당연히 싫겠지. 그러니 뭔가 이상하 다는 걸 눈치챈 사람은 슬금슬금 나에게서 멀어져 갔어. 사키만 빼고. 정신을 차려 보니 사키 이외의 사람들과는 매일 그럴듯한 대화만 나눌 뿐이고, 나도 모르는 사이 잊 어버린 사람들도 많은 것 같아. 선생님도 가끔 잊어버리거 든. 그래도 선생님은 선생님이라는 것을 알 수 있으니까 그때마다 기억을 이어 붙이고, 사키가 살짝 이름을 알려줘 서 어떻게든 넘긴 거야. 사키도 분명 눈치채고 있을 거라 생각하지만… 두려워서 얘기를 해 본 적은 없어……."

그랬다. 사키는 눈치채고 있었다. 단순히 눈치를 챈 정 도가 아니라는 것도 나는 알고 있었다.

히나호와 사키의 연결 고리는 나와의 것보다 훨씬 깊 었다. 그런데도 히나호는 자신과 사키 사이에 있는 진실을 알지 못했다. 사키의 상냥함은 어떻게 보면 훗날 히나호가 겪을 잔혹한 현실을 쌓아올리고 있는 것일지도 모른다.

"아마… 난 병에 걸린 것 같아. 그런데 여러 가지로 너무 무서워서 계속 지금처럼 어떻게든 버티고 있는 상태야. 솔직히… 내가 잊었던 사람들 중에 나에게 다시 다가와 준 사람은 소마가 처음이야."

그건 아니야, 라고 말할 뻔했다.

그 말은 사키가 들었어야 할 말이지만, 나는 꾹 참았다.

사키가 지금까지 숨겨 온 것을 내 멋대로 폭로하는 건 도리에 어긋나는 일이다.

"그린플래시 말이야."

히나호는 책상 위에 그 사진을 올려 놓았다.

"이것만이 내 안에서 강한 충동으로 남아 있어."

녹색 섬광을 보면 행복이 찾아온다고 한다.

"이런 나라도 행복해질 수 있을까?"

"행복해질 수 있어. 그러니 나와 함께 보자."

나는 이 말밖에 할 수 없었다.

"가끔 그런 생각을 해. 나는 왜 그린플래시를 보고 싶은 걸까? 그러면 그 대답에 이르기도 전에 머릿속이 새하

애져. 그래서 정확한 이유를 모르겠어. 하지만 그 앞엔 분명 행복이 있을 거야. 그런 느낌만은 있거든."

"그건… 나도 히나호와 비슷할지도 몰라. 저번에 말했듯이 그 사진을 찍은 건 우리 아버지야. 집에 있는 아버지의 작업실에 계속 걸려 있었기 때문에 난 오래전부터 그 사진을 봐 왔어. 그런데 입시에 실패하고 앞이 보이지 않게 된 순간, 그걸 직접 보지 않으면 안 되겠다는 생각이 들었어. 계기 같은 건 사소한 것에 불과해. 분명."

우리는 이 사진의 풍경을 찾아 이곳에 왔고, 이렇게 만나게 되었다. 이 계기도 사소한 것이겠지. 사람들은 그렇게 정말 작은 일로 만나고 헤어지고, 많은 갈림길 속에서 미래를 향해 나아간다.

나는 대학 입시에 실패했고 그로 인해 지금까지의 인생이 허무하게 느껴졌다. 친구들이 떠나간 것이 아니었다. 내가 떠나버린 것이다.

그건 나의 노력으로 회복할 수 있을지도 모르지만, 히나호는 어떨까.

잃어버린 기억들을 모두 되찾는 날이 올까?

그때… 히나호는 진정한 행복을 얻을 수 있을까?

"나는 말이야… 지금 무척이나 그린플래시가 보고 싶

어. 지금까지도 보고 싶었지만 전보다 더 보고 싶어졌어. 지난번에 그린플래시를 더 잘 볼 수 있는 곳에 대한 이야기를 했었잖아? 그게 어디였지?"

"이 근처라면 에치젠 해안이나 도진보일 거야. 가깝다고 해도 기차로 가면 반나절 가까이 걸려."

"도진보라면 자살을 많이 한다는 그곳?"

"뭐… 그걸로 유명하다던데, 조건은 여기보다 좋은 모양이야."

"그렇구나… 소마, 나랑 약속 하나 해 줄래."

"약속?"

히나호가 뜬금없이 그런 말을 꺼냈다.

"얼마 전에 텔레비전에서 봤는데… 젊은 나이에 곧 죽을 수도 있는 병에 걸렸지만 기적적으로 수술에 성공해서 지금은 미국에서 공부를 하고 있는 여자에 대한 이야기였어. 그 사람이 그런 말을 하더라. '약속은 많은 게 좋아요. 그만큼 앞으로 나아갈 힘이 되니까요'라고. 그러니 소마. 나와 약속해 줘."

"약속이라… 그래, 좋아."

"고마워. 있잖아, 언젠가 나와 꼭 그린플래시를 보자. 여기가 아니어도 좋아. 언젠가… 어딘가에서. 물론 여기서 보는 편이 좋겠지만, 일단 지금은 보는 게 중요한 것 같다는 생각이 들어. 그러니 약속해."

히나호는 새끼손가락을 내밀었다. 닿아도 괜찮을까 싶어 주저했지만 약속을 하려면 어쩔 수 없었다. 우리는 새끼손가락을 걸고 약속했다.

언젠가… 함께 그린플래시를 보자고.

그 약속이 이루어졌을 때, 나는 히나호의 기억에 남을 수 있을까…?

그런 생각을 하며 나는 히나호와 손가락을 걸었다.

이날 이후에도 나와 히나호는 해질녘 만남을 이어 갔다. 다만 약간의 변화가 있다면 비가 오거나 흐린 날에도 여전히 만났다는 점이다.

히나호는 자신의 비밀을 알면서도 계속 곁에 남아 있는 나에게 더욱 믿음을 갖게 된 것 같았다.

날씨가 안 좋은 날에는 늘 함께 가던 카페의 같은 자리에 앉아 언젠가 보게 될 그린플래시에 대한 이야기를 나누었다.

약속을 한 이후부터 우리는 장소에 대한 집착을 조금씩 내려놓을 수 있게 되었다. 함께 그린플래시를 보는 것. 그 약속이 더 중요하다는 걸 깨닫게 된 듯 했다. 그리고 무엇보다 둘이 함께 있는 시간이 사랑스럽게 느껴지게 되었다.

이것이 나 혼자만의 생각은 아닌 것 같았는데, 히나호 역시 나를 만나는 시간을 좋아하는 것 같았다. 그건 나와 히나호의 거리가 점차 줄어들고 있다고 느끼게 해 주었다.

한편, 자신이 먼저 살해당했다는 사키의 고백을 들었던 그날 이후로 사키를 볼 일이 별로 없었다.

어쩐지 사키가 나를 피하는 것 같기도 했는데, 히나호가 있는 자리에도 내가 함께 있으면 굳이 얼굴을 내밀지 않았다. 물론 사키도 사키 나름대로 히나호와의 만남이 끊이지 않도록 조절하고 있겠지만.

"사키가 요즘 이상해……."

그렇게 생각하던 어느 날 히나호가 말을 꺼냈다.

"뭔가 고민이 있는 것 같은데 한숨을 쉬기도 하고 멍하니 먼 곳을 보기도 하고… 말을 걸어도 듣는 둥 마는 둥 해."

"나도 안 본 지 오래됐어."

"그렇지? 무슨 고민이 있는 걸까……."

히나호에게는 유일하다고 해도 좋은 친구일 테니 걱정

하는 것은 당연했지만, 나는 그 이유를 알 것 같았다.

내가 이곳에 와서 둘 사이에 관여했기 때문에 빚어진 결과라는 것은 쉽게 상상할 수 있었고, 사키의 고민은 내 고민보다 훨씬 더 크고 심각할 것이다.

이 두 사람에게 관여한 이후로 나는 솔직히 내가 과거에 겪었던 시련들에 대해 잊고 있었다. 그걸로 고민하는 게 바보같이 느껴질 정도로 작은 일 같았다. 이것 역시 성장일지도 모르지만 그렇다고 기쁜 마음이 들지는 않았다.

"그 고민… 들어 주는 건 어때?"

이건 꽤 위험한 제안일 수도 있었다. 그러나 언젠가는 해야 할 일이었다. 히나호와 사키에게도 마주하지 않으면 안 될 때가 올 것이기에.

사키에게서 연락이 온 것은 이런 대화를 나눈 다음 날이었다.

히나호

아침에 일어나 보니 사키에게 문자가 와 있었다.

✉ 오늘 오후 4시에 진료소로 와. 마쓰자키 씨도 불렀어.

진료소에? 소마도?

뭐지… 조금 무서웠다. 요즘 골똘히 생각에 잠긴 표정

으로 한숨만 쉬고 있는 사키도 조금 이상하고…….

고민을 들어 주겠다고도 해 봤지만 우선 기다려 달라고 했기에 지금까지 아무것도 하지 않고 있었다.

혹시 내 문제에 대한 걸까? 하지만 소마도 있는데…….

나는 내가 이상하다는 것을 알고 있다. 알지만 모르는 척을 하고 있었다. 아마 사키도 그럴 것이고 아빠도 엄마도 그럴 것이다. 모두들 내가 이상하다는 것을 알면서도 모르는 척하고 있다는 것을, 나는 알고 있다.

고등학교에 들어간 후로 제대로 된 친구는 사키뿐이었다. 다른 사람들과는 조금 친해졌다가도 고작 며칠 만나지 않는 것만으로 누구인지 잊어버리게 되었다. 그럴 때마다 사키가 내게 슬쩍 알려 주었고, 내가 기억하고 있는 것들과 기억을 맞춰보며 어떻게든 상황을 모면해 왔다.

그렇지만 역시 눈치채는 사람도 있었다. '쟤는 어딘가 좀 이상하구나'라고.

그렇게 생각한 사람은 내게서 슬그머니 거리를 두었고, 주변에 있는 거의 모든 사람들이 그렇게 사라져버렸다.

세 달이면 소문이 퍼지기에 충분했다. 정신을 차리고 보니 내 옆에는 사키뿐이었다. 그런데 오히려 그렇게 되자 내 이상한 머릿속도 가벼워졌다. 더는 누굴 잊고 말고

할 것도 없었고 새로운 접점이 없으니 별다른 문제도 생기지 않게 되었다.

최근 1년 정도는 계속 그렇게 지내 왔는데…….

소마가 온 다음부터…….

나는 필사적으로 생각했다.

역시나 소마와의 첫 만남은 생각이 나지 않았다. 이것일까 싶은 장면이 얼굴 없는 인물이 나오는 영화처럼 떠오를 뿐이었다.

하지만 나의 이런 점을 분명히 전했는데도 소마는 나에게 다가와 주었다.

그건 조금… 아니, 너무나 기뻤다. 그러나 그와 동시에 무서운 마음도 들었다.

"기적이란 뭘까. 내가 바라는 기적. 그린플래시 끝에 있는 그 기적……."

언제부터일까.

나는 왜 그린플래시가 보고 싶은 거지?

기억을 짜내 보아도 고등학교에 올라가기 전후로 그렇게 생각했다는 것 정도만 알겠고 그 이유는 도무지 알 수 없었다.

소마에게는 '행복해지고 싶다'고 말했지만 그것도 아

마 표면상의 이유 정도밖에 되지 않을 것이다. 사실 나에게 그린플래시가 어떤 의미인지 확신은 없었다. 그저 마음속의 충동처럼 솟아오른 것이었다.

그런 그린플래시가 인연이 되어 오랜만에 사귄 친구, 소마. 그렇기 때문에 오랜만에 누군지 알아보지 못하게 된 사람도 하필이면 소마였다.

지금까지 새로운 접점을 만들지 않았으니 사키에게 도움을 받는 것도 정말 오랜만이었고, 오랜만이었기에 사키가 계속 내 곁을 지키며 나의 인간관계를 봐 주고 있었다는 것을 새삼 떠올렸다.

사키와의 첫 만남은 확실히 기억하고 있었다.

—안녕? 나는 사키라고 해. 같은 반인데 앞으로 잘 부탁해.

사키는 입학식 때 내게 다가와 나의 첫 번째 친구가 되어 주었다. 지금도 제일 소중한 친구다.

처음엔 친하게 지내다가도 금방 멀어지는 경우가 대부분이었는데, 사키는 계속 내 옆에 있어 주었다.

다정해.

이 행복한 시간이 이어지는 것도, 기적일지 모르겠다.

하지만 언젠가는 끝이 나겠지.

왜냐면… 나는 알고 있으니까.

언젠가… 이 사람들과의 시간도 잊어버리고 말 거라
는 걸.

소마

"들어오세요."

시간에 맞춰 진료소에 도착하자 사키는 진료소 입구
쪽에서 대기실로 안내해 주었다.

오늘은 '휴진'이라고 적혀 있었다.

사키가 일부러 우리를 이곳에 불러내서까지 하려는 말
이 무엇일지 상상해 보았다.

예전에 사키는 히나호가 이렇게 된 원인과 증상을 이
진료소가 살피고 있다고 말했다.

이제 모든 배우가 모였다.

사키는 지난번의 대답을 말해 주려는 것일까? 그런데
히나호가 같이 있는데… 그럴 수 있을까?

히나호와 나는 조금 사이를 두고 옆에 앉았고 사키는
맞은편에 앉았다.

"미안해, 불러내서."

그렇게 말하고는 잠시 침묵이 이어졌다. 사키는 힘든 표
정을 하고 있었다. 뭔가 하기 어려운 말을 하려는 듯했다.

나는 지난번 일과 관련된 일이라는 것을 알 수 있었다. 그런데 이 자리에 히나호가 있어도 괜찮은지 걱정되고 불안했다.

나는 그저 빨리 무슨 말이든 해 달라고 기도하는 수밖에 없었다. 더이상의 침묵은 견디기 힘들다고 생각한 바로 그 순간,

"내 이야기… 맞지?"

조그맣게, 하지만 분명한 목소리로 히나호가 말을 꺼냈다. 사키의 몸이 흠칫 떨렸다.

"괜찮아. 나도 내가 이상하다는 건 어렴풋이 알고 있으니까. 소마도 내가 소마를 한 번 잊어버렸다는 것을 이미… 알고 있어. 나는 사키가 왜 나를 떠나가지 않는지도 궁금해."

그렇게 말하고 히나호는 내 쪽을 바라보았다.

나는 히나호의 눈을 보고 고개를 끄덕이는 것밖에 할 수 없었다. 사키는 조금 놀란 듯 보였지만 조금 뒤 역시 작게 고개를 끄덕였다.

히나호는 다시 사키 쪽을 향했다.

"오늘 우리를 왜 불렀는지, 왠지 나는 알 것 같았어. 언제까지나 이런 상태로 있을 수 없다는 것도 알아. 하지만

난 나에게 무슨 일이 일어난 건지 모르겠어. 지금 너무 무서워."

히나호의 손이 작게 떨리고 있었다.

여기서 무슨 일이 일어나려는 걸까. 내가 할 수 있는 건 그저 지켜보는 일뿐이었고, 아무것도 할 수 없는 이 상황이 내가 외부인이라는 것을 상기시켜 주었다.

히나호와 사키의 우정은 히나호의 기억보다 오래되었고 그 둘 사이는 어쩔 수 없이 고통스러운 관계로 이어져 있었다.

그런 사실을 모르는 건 히나호뿐이었다. 사키는 지금 그 사실을 밝히려는 걸까.

그 결말은 과연 히나호가 말하는 '행복'과 이어질 수 있을까.

"이걸 봐."

사키는 조그마한 수첩 같은 것을 꺼내 히나호에게 건넸다. 작은 앨범이었다.

히나호는 떨리는 손으로 페이지를 넘겼다.

그 안에는 히나호와 웬 낯선 여자아이가 찍힌 사진이 있었다. 사키도 있었다.

마치 그림 같은, 모두 행복해 보이는 사진. 그것이 다음 페이지에도, 그다음 페이지에도 이어졌다.

사진에 찍힌 히나호와 사키는 누가 봐도 지금보다 어려 보였다.

교복도 지금과 다른 걸 보니 아무래도 중학교 시절인 듯했다.

그리고 그 둘 사이에 끼어 침대 위에서 미소를 짓고 있는 낯선 여자아이. 초등학교 고학년 정도일까. 그 여자아이는 입원 중인 듯했고 병실로 보이는 침대 위에서 환자복을 입고 있었다.

모든 사진이 미소로 가득했다. 행복이 그곳에 갇혀 있는 것처럼.

"이거……."

히나호는 가만히 그 사진을 바라보고 사키는 주먹을 꽉 쥐고서 그 모습을 지켜보았다. 그러고는 가끔 기도하듯 눈을 감았다.

히나호는 불안한 듯이 그 사진을 응시하고 있었다.

나는 이 여자아이가 누구인지 모른다. 하지만 확실한 건, 이 사진 속 아이가 히나호와 사키 모두가 알고 있는 사람이자 중요한 인물이라는 것이다.

침묵이 흘렀다.

시간이 터무니없이 길게 느껴졌다.

나는 무력했다.

히나호

누구지.

이 사진은 언제 찍은 거지?

사키가 보였다. 고등학교 때 사진인가?

그런데 어려 보이는걸? 중학생 정도인 것 같은데… 어라? 나도 있다. 이건 중학교 교복이 맞는 것 같았다.

나는 기억의 바다를 헤엄치기 시작했다.

고등학교에 입학하고 사키와 만난 이후의 일들은 모두 기억하고 있었다. 어떤 이야기를 했는지, 어디에 갔었는지, 무엇을 먹었는지. 전부 다 영화처럼 기억하고 있었다.

하지만 그 안에는 얼굴을 모르는 사람들이 가득했다. 분명 과거에 같이 놀다가 한동안 만나지 못한 사람들일 것이다.

내 머릿속에는 그런 사람들이 많이 살고 있다. 그리고 이렇게 기억을 더듬을 때마다 나를 괴롭힌다.

—어떻게 우리를 잊을 수 있어.

—그 정도의 사이였어?

—너에게는 이제 우리가 필요 없구나.

얼굴이 없는, 알 수 없는 목소리들이 내 기억 속에서 나를 멸시했다.

그래서 기억을 더듬는 것이 싫었다. 가능하면 하고 싶지 않았다.

하지만 하지 않으면 '지금'이 깨질 때가 있었다. 나는 오직 그럴 때만 기억의 바다를 헤엄쳤다.

사키는 언제나 정확하게, 살며시 조언을 해 주었다. 그것으로 대부분 기억의 바다에서 목표로 하던 '영화'를 찾을 수 있었고 그곳에 '배우'를 끼워 넣어 비슷한 기억을 만들어냈다. 소마의 경우도 그랬다.

그런데 사진 속 이 아이는 누구일까?

사키는 어째서 왜 여기에?

기억이 나지 않아…….

고등학교 입학식 이후의 기억에 비해 중학생 때의 기억은 선명하지 않아 영화처럼 완전한 기억은 어디에도 없었다.

모든 것이 아련하고 뿌옇고 흐렸다.

기억이 없는 건 아니었지만 그곳에 등장하는 사람은 아빠와 엄마밖에 없었다.

그런데 사키는 어째서 나와 같은 중학교 교복을 입고 … 우리 사이에 있는, 병실 침대에서 웃고 있는 이 아이는 누구지? 병실…? 이게 뭘까, 전혀 모르겠어. 그런데…….

"이것이… 나의… 행복… 이었어…?"

눈물이 흘러나왔다.

어디서 기원한 감정인지 알 수 없는 눈물이.

나는 분명, 소중한 무언가를 어딘가에 두고 와버린 것이다.

언제부터, 어째서, 나는 이런 상태가 되어버린 것일까.

소마

"히나호 괜찮아? 히나호!"

히나호가 갑자기 눈물을 뚝뚝 떨어뜨리기 시작했고, 나는 정신이 어딘가 먼 곳으로 가 버린 듯 꼼짝도 하지 않는 히나호를 흔들어 깨웠다.

히나호는 눈물에 젖은 얼굴을 간신히 들어 눈앞에 있는 사키와 사진 속 사키를 비교했다.

"이렇게 행복해 보이는 나를… 나는 알지 못해."

활짝 웃고 있는 자신의 사진을 손가락으로 쓰다듬으며 히나호는 울었다.

사진에 찍힌 히나호와 사키는 확실히 지금보다 어렸다.

나는 이 사진의 의미를 알 것 같았다. 다만, 침대 위에 있는 아이는 누구인지 몰랐다.

사키는 모든 것을 이해하고 있었지만 히나호는 여전히 아무것도 모르는 상태였다.

지금 내가 무엇을 할 수 있는지 필사적으로 생각해 보았지만 아무것도 없는 것 같았다.

"실패구나… 역시 안 되는 거였어… 그 사진, 나에겐 최후의 카드였는데…….."

사키도 실망을 감추지 못했다.

"그게 무슨 말이야? 사키는 뭘 알고 있는 거야? 나는 대체 뭐야?"

히나호가 감정을 드러냈다. 혼란스러워 하는 걸 알 수 있었다.

"이 아이는 누구야? 중학생인 사키는 왜 여기 있는 거야! 전혀 모르겠어!"

히나호는 울부짖으며 자리에서 일어서더니 진료소 입구로 달려갔다. 너무 갑작스럽게 벌어진 일이라 나도 말릴 새가 없었다.

급하게 히나호를 쫓아가려던 찰나, 히나호는 입구에서

가로막혔다.

"아빠! 엄마!"

히나호의 부모님인 듯했다.

"으… 우와아아앙! 왜… 어째서!"

히나호는 어머니의 품 안에서 막혀 있던 감정이 한꺼번에 터져 나온 듯 울음을 터뜨렸고 히나호의 어머니도 히나호를 꼭 끌어안고 울었다.

할 수 있는 게 아무것도 없었던 나와 히나호의 아버지는 그저 우두커니 서서 그 모습을 지켜볼 수밖에 없었다.

"어떻게 하면… 히나호가 돌아올 수 있을까요… 이제 모르겠어요."

사키도 조용히 울고 있었다.

히나호에게 '살해당한' 사키의 표현을 빌리자면 '생전의 사키', 즉 히나호가 예전에 알고 있었을 자신의 모습을 보여 주는 것이 최후의 카드라고 생각했을 것이다.

하지만 히나호는 역시나 기억해 내지 못했다. 그 사진을 함께 찍은 여자아이는 히나호에게 의미 있는 사람이겠지만, 누구인지는 나도 아직 알 수 없었다.

부모님이 왔다는 것은 이미 그분들의 동의하에 이뤄진 일이라는 걸 의미했다.

그런데… 나를 부른 이유는 무엇일까?

이 일에 내가 필요했을까? 나는 한 게 아무것도 없는데…….

그렇게 생각하고 있던 찰나, 삐걱거리는 소리와 함께 진료실 문이 열렸다.

"안 되던가?"

"…안 됐어요, 아버지."

흰옷을 입은 중년 남성. 한눈에 사키의 아버지라는 것을 알 수 있었다.

"선생님…….."

히나호의 아버지가 매달리는 듯한 눈으로 사키의 아버지를 보았다.

"결과가 좋지 못해 죄송합니다. 이제는… 되돌릴 수도 없게 되었네요."

"그래서 그냥 가만히 놔두라고 하지 않았습니까!"

히나호의 아버지는 사키의 아버지를 탓했다.

"정말 죄송합니다."

사키의 아버지는 깊이 고개를 숙여 다시 한번 사과했다.

이후 몇 차례 대화가 더 오고갔지만, 히나호의 부모님은 적극적인 치료를 원하지 않는 것처럼 보였다.

확실히 방금 일어난 일련의 사건은 아무래도 치료의 일환인 듯했다. 히나호의 부모님에게도 고지한 후 시도했다고 하지만, 아무리 그래도 이런 치료법이 있을까.

히나호는 여전히 눈물을 훔치는 어머니와 잔뜩 화가 난 아버지의 손에 이끌려 집으로 돌아갔다.

"사키. 이게 어떻게 된 일이야?"

눈앞에서 일어난 갑작스러운 일들에 나는 사키에게 설명을 요구했다.

"저도 이러고 싶지 않았어요. 하지만 의사인 아버지가 말씀하시니 아무것도 모르는 제가 참견할 수는 없었어요⋯⋯."

사키도 입술을 꽉 물며 주먹을 쥐었다. 사키 역시 이런 결과를 의도했던 건 아니겠지.

"인사가 늦었구나. 사키의 아버지이자 이 진료소의 소장인 사이바라 나오타카라고 한다. 너에게 이야기해 두고 싶은 것이 있어 불러 달라고 했단다."

"저에게요?"

나오타카 씨에게서는 조금 음울한 분위기가 풍겼다. 의사라기보다는 연구원 같은 분위기였다.

나와 사키, 그리고 나오타카 씨는 진료소 대기실에 남

아 이야기를 계속했다.

"난 히나호가 저런 상태가 되기 전부터 그 아이를 알고 있었고 그 후로도 계속 지켜봐 왔다. 지금이 좋은 시기라고 생각하고 있어."

"좋은… 시기요?"

갑자기 이런 이야기를 듣자 도통 뭐가 뭔지 알 수 없었다.

나오타카 씨는 이야기를 이어 나갔다.

"히나호가 저렇게 건 내 책임도 있어."

나오타카 씨는 대기실 의자에 앉아 상체를 굽혀 팔꿈치를 양 무릎 위에 올리고, 깍지 낀 손으로 얼굴을 받친 채 내 앞에 앉았다. 사키도 그 옆에 앉아 있었다.

나오타카 씨는 눈을 내리깔고서 바닥을 물끄러미 응시하는 듯 이야기를 시작했다.

"결론부터 말하지. 이 사진의 아이는 히나호의 여동생 치나라고 하네. 이 진료소에 입원해 있었지. 그리고 1년 전쯤 세상을 떠났어. 사키와 히나호가 고등학교에 올라가기 직전이었지."

"아……."

충격적인 한마디가 불쑥 튀어나왔다.

사키는 침통한 표정으로 그저 나에게서 시선을 돌리고 있었다.

"동생이라니… 세상을 떠났다니…….."

이건 사키가 말하던 '살해당한' 것이 아니라 정말로 죽었다는 뜻일까. 아니, 분명 그럴 것이다. 하지만 그렇다면 히나호는… 여동생도 잊어버린 것일까…….

"매우 어려운 병이었어. 이 사진은 치나를 도시의 병원으로 옮기기 며칠 전에 찍은 것이지. 그 시점에는 병세도 진정돼 호전된 것처럼 보이기까지 했는데… 이틀 뒤 용태가 돌변해 영영 돌아오지 못하게 됐어. 또렷이 기억하고말고."

그렇게 말하는 나오타카 씨의 표정도 몹시 괴로워 보였다.

"그럼… 히나호는 이 여동생도…….."

"물론 잊었단다. 아마 히나호가 보이는 이상 증상도 여동생의 죽음을 잊기 위한 일인 것 같구나."

"굉장히 사이가 좋았어요. 보고 있으면 행복해질 정도로…….."

겨우 이 한마디를 내뱉은 사키는 말을 더 잇지 못하고 흐느꼈다.

"자주 아팠던 치나는 학교에도 거의 나가지 못했지. 치나의 세계는 히나호와 사키만으로 이루어져 있었는지도 모르겠구나. 입원과 자택 치료를 반복하다 보니 다른 사람들과의 교류도 거의 없었어. 치나에게는 이 세 사람이 세계의 전부였다고 해도 좋을 만큼 사이가 좋았단다."

나오타카 씨가 당시의 상황을 알려 주었다.

즉, 다들 밀접하게 교류하는 시골의 지역사회 커뮤니티에서 치나는 빠져 있었던 것이다.

"하지만… 그렇게 사이가 좋았던 여동생을 잊다니……."

"그럴 수 있단다. 기억에 관한 다양한 연구 결과 역시 그러한 사실을 뒷받침해 주고 있지. 아니… 기억이라기보다는 뇌라고 해야 맞을 거다. 히나호는 여동생의 상실을 견딜 수 없었고, 그래서 자신을 보호하기 위해 뇌에서 안전 장치를 작동시켜 동생을 잊은 것 같아."

어떻게 그런 일이… 일어날 수 있을까.

"지금도… 치나가 세상을 떠나던 날을 떠올리면 마음이 아파요. 이성을 잃은 히나호의 모습은 저 역시도 잊고 싶을 정도니까요… 그래요, 보통은 잊고 싶어도 잊을 수 없기 때문에 마음속에 쐐기처럼 고통스럽게 박혀버리고 말죠. 하지만 그 아픔이 있었기 때문에 저는 히나호의 곁에 있을 수 있었어요.

"그럼 히나호는 구체적으로 언제쯤 저렇게 된 거야?"

"추측이지만 치나의 장례식이 끝나고 나서부터인 것 같아요. 너무나 상심이 컸던 히나호는 며칠 동안 집 안에 틀어박혀 지냈는데… 그러던 어느 날 쓰러져서 이곳에 입원했어요."

"혹시… 귀신을 봤다는…….."

"맞아요. 마쓰자키 씨한테 얘기했다는 말을 듣고 놀랐어요. 그 얘기는 평소에 절대 하지 않거든요."

히나호가 집 안에 틀어박혔던 며칠… 그 며칠 사이에 사키는 '살해당한' 것일까.

그렇다면 그 시점에 히나호는 부모 이외의 사람에 대한 기억이 모두 사라진 걸까.

상상도 할 수 없었다. 그 상태에서 어떻게 다시 나아갈 수 있었을까?

"잠시 입원해 있는 동안 히나호는 의식도 되찾고 건강도 회복했어요. 그런데 제가 병문안을 갔을 때 히나호가 저를 보고 한 말은 '누구세요?'였어요. 그때 제 기분이 어땠을지… 짐작이 가시나요?"

"아니… 미안해. 상상도 못하겠어…….."

나도 히나호에게 '살해당한' 사람 중 한 명이었다. 하지만 그것은 만난 지 며칠만의 일로, 소꿉친구인 사키의 경험과는 그 무게가 달랐다.

나도 대학 입시 실패를 기점으로 소원해진 친구들이 있었다. 그러나 그 친구들을 잊은 건 아니다.

이대로 계속 소원해진 채 지낸다면 평소에 의식하지 못할 정도로는 잊을 수도 있을 것이다. 하지만 다시 만나게 되면 또 새록새록 올라오는… 기억이란 그런 것이라고 생각했다.

접촉하는 시간이 적으면 금방 잊어버리기 마련이다. 그것을 단기 기억이라 칭하는 것 같았다. 하지만 줄곧 친하게 지내 왔던 사람이라면 그것은 장기 기억이나 에피소드 기억과 연결되어 거의 잊지 않는 듯했다.

히나호의 경우, 그 연결 부위에 어떤 문제가 생긴 걸까.

"그 뒤로 히나호는 학교를 쉬게 되었고 저와 오다가다 마주쳐도 아무런 반응이 없었어요. 그래서 기억에 문제가 생긴 게 아닌가 눈치챈 거예요. 부모님도 히나호의 변화를 눈치채고 계셨기에 저희도 말씀을 드렸어요."

"잠시 상황을 지켜보자고 말씀 드린 것이 벌써 1년이 넘었단다. 지금 와서 생각해 보면 진작 진료를 했어야 했는데…….”

“그러려면 결국 잔혹한 기억을 불러일으켜야만 해요. 너무 이기적으로 들릴 수도 있겠지만, 지금까지는 저와 아버지, 그리고 히나호 부모님도 마음의 정리가 필요했어요. 진학할 고등학교는 이미 정해져 있었고 저도 같은 학교였죠. 그러니 고등학교에서 처음 만난 것처럼 가장해 상황을 지켜보기로 한 거예요. 그런데 당신이 나타났어요.”

그랬다.

히나호 여동생의 죽음은 히나호나 그녀의 부모님에게는 말할 것도 없고 이 두 사람에게도 큰 상처로 남아 있는 것이었다.

원칙대로라면 사사로운 감정에 휩쓸리지 않고 바로 치료를 시작해야 했지만, 나에게는 이 두 사람을 탓할 자격이 없었다.

“그런데… 아까 시기가 좋다고 하셨는데 그건 무슨 말씀이세요?”

내가 오늘 이곳에 불려온 이유와 관련된 일이라는 추측은 할 수 있었다.

시기가 좋다고 판단했다면 그 이유를 듣고 싶었고, 내가 뭔가를 할 수 있다면 모든 것을 걸고서라도 해야겠다고 생각했다.

"히나호의 뇌는 정신상태가 붕괴되는 것을 막으려 안전 대책을 강구했지. 하지만 자네가 오면서 그 안전 장치에 균열이 생기기 시작한 거야. 히나호는 자신이 조금 이상하다는 걸 깨달았고, 게다가 그것을 마주하려고 한다는 점이 그 증거라고 생각한다. 여기서 단숨에 잠금장치를 푼다면… 어쩌면 모든 기억들을 되찾을 수 있을지도 몰라."

"'단숨에' 라니… 그래도 괜찮을까요?"

"아니, 그건 모른단다."

"어떻게 그런 무책임한…!"

나도 모르게 언성을 높였다.

"글쎄. 그렇게 보일지도 모르겠구나. 하지만 히나호의 증상은 병명조차 붙일 수 없어. 예를 들면 하루 혹은 최근 며칠의 일들만 잊는다거나, 모든 기억을 잊어버리는 기억장애에 관한 기록들은 전 세계적으로 많이 남아 있어. 하지만 히나호는 특이한 케이스였지."

"특이한 케이스… 사람만 잊는다는 점 말인가요?"

내가 조사한 것 중에서도 히나호 같은 케이스는 찾아볼 수 없었다.

"그래, 맞아. 그리고 히나호는 사람에 대한 기억을 잃는 대신 행동과 관련된 부분은 완벽하게 기억하는 것 같더구나. 이 부분은 사키의 관찰에서 나온 추측이지만 거의 맞는다고 생각한다."

추측이라고 했지만, 나는 이에 관해 히나호에게 들어서 알고 있었다. 그렇다는 건 히나호는 사키에게 자신의 기억 이상에 대해 자세하게 설명한 적이 없다는 것이다.

"그 이야기, 얼마 전에 히나호에게 들었어요. 히나호는 읽은 책들의 내용을 모두 기억하고 있었는데, 몇 페이지의 몇 번째 줄인지 말해 주면 그 부분을 술술 암송할 정도예요. 그렇다면, 이 능력은 히나호가 원래 가지고 있던 능력이 아니라는 건가요?"

"그런 셈이지. 완전기억능력은 HSAM*이라고도 불리는데 '과잉기억증후군'이라는 뜻이란다. 그리고 책의 내용을 완벽하게 외울 수 있는 능력은 순간기억능력이라고 해서, 서번트증후군**의 일종으로도 알려져 있지."

---

* Highly Superior Autobiographical Memory. 학습 능력이나 암기력과는 관련 없이 자신에게 일어난 거의 모든 일을 기억하는 일종의 기억장애.

** 뇌 기능 장애를 가지고 있으나 특정 영역에서 천재성을 보여 주는 극히 드문 신경발달장애 현상.

과연 이 부분은 의학적으로도 검증이 되어 있는 증상이라고 해야 할까, 형태 중 하나였다.

나는 사키 쪽을 힐끗 보았다.

"저는 히나호에게 직접 듣지는 못했지만 늘 가까이에서 보고 있으니 알 수 있어요. 히나호에게 그런 능력이 생겼기 때문에 지금까지 아슬아슬하게 버틸 수 있었던 거예요. 이건 사람에 대한 기억을 잃는 대신 얻게 된 부작용 혹은 선물일지도 모르죠. 하지만……."

사키는 거기서 말을 끊고 잠시 쓸쓸한 눈을 했다.

"그 말을 직접 들은 건… 마쓰자키 씨였군요."

이런 말을 들으니 마음이 조금 불편했다. 사키의 입장에서는 소꿉친구로서의 자부심도 있었을 텐데, 히나호가 갑자기 나타난 나에게 중요한 비밀을 털어놓아서 심경이 복잡할 것이다.

"어쩌다 보니 알게 됐어……."

그렇게 꾸며 내는 수밖에 없었다.

"아니요, 그렇지 않아요. 히나호는 당신을 좋아하고 있어요. 적어도 신뢰하고 있죠. 학교에서도 가끔 당신에 대한 이야기를 해요. 히나호의 그런 모습은 지금까지 본 적이 없어요."

"나를?"

"그래요. 솔직히 말하면 조금 질투도 나요. 히나호 옆에 나 말고 다른 사람의 자리가 생기다니. 하지만… 그래서 지금이 좋은 시기라는 거예요."

"그게 아까 말했던 이야기로 이어지는 거야?"

"네. 원래 사람의 마음속에는 많은 사람들이 자리할 곳이 있어야 마땅해요. 그래야 인간관계가 가능하죠. 그런데 히나호는 그런 게 없잖아요. 그 아이는 지난 1년 동안 그 모든 것을 잃어버리고 말았어요."

나는 거리에서 들었던 히나호에 대한 나쁜 말들을 떠올렸다.

히나호는 다른 사람들과의 관계를 구축할 수 없었다. 그것이 현실이었고, 사키가 없었다면 더 비참한 현실에 직면했을 것이다.

사키는 말을 이어갔다.

"히나호는 스스로 위화감을 느끼기 시작했는데, 당신을 만나고부터 다행히 그 느낌의 근원을 마주보기 시작한 것 같았죠. 그러니 지금이라면 히나호의 뇌가 만든 바리케이드를 무너뜨릴 절호의 기회일지도 모른다는 생각이 들어요. 그런데 문제는… 기억이 돌아왔을 때 히나호의 마음이 그 사실을 견뎌낼 수 있을까 하는 거예요. 그래서 말인데요…….”

사키가 다시 내 쪽으로 몸을 돌렸다. 그 진지한 눈빛에 나도 모르게 자세를 고쳐 앉았다.

“마쓰자키 씨가 그 아이의 버팀목이 되어 주었으면 좋겠어요. 그 아이도 마쓰자키 씨를 좋아해요. 마쓰자키 씨의 기대에 부응하는 감정인지는 저도 알 수 없지만 히나호에게 당신은 좀 특별한 것 같아요. 그린플래시 기적의 전조라고 할까요?”

“기적의 전조…….”

─기적 같은 건 일어나지 않아.

사키는 그렇게 말했었다. 그 말이, 그녀가 히나호에게 살해당했다는 사실과 그 일이 그녀에게 여전히 상처로 남아 있다는 의미였다는 걸… 이제는 알 수 있었다.

그런 그녀가 기적의 전조라고 말했다.

“기적 같은 건 믿지 않았어요. 그런 게 있었다면 애초에 치나를 잃는 비극도 피할 수 있었을 테고, 지금 히나호 역시 행복하게 웃고 있었을 거예요. 하지만 지난 1년 동안 히나호는 계속 거짓된 미소를 지으며 살아왔어요. 그런데…….”

사키는 거기서 말을 끊고 밀려오는 감정에 맞서듯 손바닥으로 얼굴을 가린 채 몇 번인가 흐느꼈다.

"마쓰자키 씨가 온 이후로 오랜만에 히나호가 웃었어요. 그래서 전 그런 생각이 들었어요. 이건 그린플래시가 맺어준 기적이라고. 미쓰자키 씨의 아버지가 찍은 사진으로 이어진 기적, 저는 그렇게 믿고 싶어요."

아… 그렇구나… 기적에 매달린다는 것은 이런 것일지도 모르겠다.

이제 나도 그 기적을 믿고 싶어졌다.

단순한 우연이라고 치부할 수도 있겠지만, 사람들은 우연 속에서 기적을 찾아내기도 한다.

이 세상에서 기적이라고 불리는 것들은 그런 것일지도 모르겠다.

"내가 뭘 할 수 있을까… 사키, 넌 내게 뭘 바라는 거야?"

"모르겠어요, 지금은. 하지만 히나호의 기억을 되찾기 위해서 반드시 당신이 필요해요. 그것만큼은 꼭 알아주셨으면 좋겠어요."

"알겠어."

결국 해결책은 아무것도 나오지 않았지만, 그래도 나

오타카 씨는 오늘 일이 히나호를 크게 뒤흔들었기 때문에 어떤 변화가 있을지도 모른다고 말했다.

지금 히나호는 어떨까.

히나호 안의 우주는 도대체 어떤 모습인 걸까.

그리고… 그녀를 구하기에 가장 좋은 방법은 어떤 것일까.

내가… 뭔가 할 수 있는 게 있을까.

히나호

빙글빙글, 내 머릿속에서 소용돌이가 일고 있다.

오늘 기억의 바다는 탁류처럼 굽이굽이 넘실거린다.

누구지? 사진 속 이 사람은 누굴까?

힌트가 필요했다. 분명 내 기억 속 어딘가에 있을 것이다.

탁한 기억의 바다에서 사키를 찾아보지만, 아무리 거슬러 올라가도 사키의 모습은 이 장면에서 멈춰 있다.

―안녕? 나는 사키라고 해. 같은 반인데 앞으로 잘 부탁해.

고등학교 입학식. 반 친구들이 모두 교실에 모인 첫날, 나는 사키를 만났다.

그건 확실했다.

그런데 그전에는? 아… 아무것도 생각나지 않아…….

고등학교에 올라오기 이전의 추억은 아지랑이처럼 흔들리고 있었다. 가끔 선명한 기억을 발견하더라도 그곳에는 아빠와 엄마밖에 없었다.

다른 사람들은? 그때까지 만났던 다른 사람들에 대한 기억은 왜 전혀 없지?

오늘 봤던 그 사진을 계기로 내 기억의 바다는 마치 거친 풍랑처럼 넘실거렸다. 캄캄한 바닷속, 더이상 앞이 보이지 않았다.

"귀신이야… 귀신이 나타난 거야…….."

나는 부엌 구석에 있는 침대 위에 몸을 둥글게 말고서 홀로 누워 있었다.

귀신을 본 그날, 난 아무것도 기억나지 않았다.

갑자기 쓰러져 의식을 잃고 병원으로 옮겨진 듯했다.

병원 침대 위에서 깬 것은 기억하지만, 그 전후의 기억은 오래전의 기억처럼 흐릿했다.

영상처럼 돌려볼 수 있는 뚜렷한 기억은 고등학교 입학식 날부터…….

"아, 그렇구나."

이제야 깨달았다. 나의 이 '영상 기록', 그 시작은 사키를 만난 고등학교 입학식부터였다.

그렇다면 그 전에는? 중학생인 나와, 함께 찍혀 있던 중학생 사키는? 가운데 침대에 있던 여자아이는?

쾅, 하고 창문이 바람에 덜컹거렸다.

무서워.

오늘은 이 집이 무섭게 느껴졌다. 집에 아빠도 엄마도 계셨지만 계단에서 귀신이 내려올 것 같은 느낌이었다.

시계를 보니 오후 10시. 이런 시간에 이 근처를 돌아다니는 사람은 거의 없다.

나는 옷을 갈아입고 살며시 문을 나섰다.

"와⋯⋯."

저녁에는 흐렸는데 지금은 하늘에 별이 가득했다.

비도 좀 와서 그런지 봄 안개도 없었고 평소보다 별이 잘 보였다.

"이런 하늘의 저녁이었다면⋯⋯."

하늘은 우리 뜻대로 되지 않는다. 난 언제부터⋯ 어째서 그린플래시를 보고 싶어 했을까? 그 전의 나는 어디로 갔을까? 다들 이렇게 살아가는 걸까? 기억이란 무엇일까?

어느새 내 머릿속은 멈추지 않고 거칠게 휘몰아치는 바다 같았다. 기억하고 있던 영상 같은 기억들이 엉망진창으로 어지럽혀져 견딜 수가 없었다. 이 나쁜 감정들을 누구에게라도 털어놓고 싶었다.

내가 향할 곳은 분명 하나밖에 없었다.

그린플래시. 나를 이끄는 그 빛 끝에 반드시 뭔가가 있으리라 믿으며.

소마

무서울 정도로 빛나는 하늘의 별들이 나를 잠들지 못하게 했다.

오늘은 정말 아름다웠다.

이곳의 하늘이 도시보다 어둡다고는 하지만 그래도 사람이 사는 마을인지라 이곳보다 더 어두운 하늘에서 보는 별과 비교하면 잘 보이는 건 아니었다.

그런데 오늘 하늘은 특별하다고 해도 좋을 만큼 투명도가 높았다. 도시에서도 1년에 몇 번은 이런 하늘을 볼 기회가 있었는데, 그럴 때면 평소 맑다고 생각했던 하늘이 얼마나 탁했던 것인지 실감하게 된다.

오늘이 그런 날이었다.

하늘이 더욱 맑게 개며 우주로 가는 창문을 열어 주었다. 아웃도어의 필수품이라고 할 수 있는 쌍안경은 이럴 때 위력을 발휘한다.

나는 홀로 우주 탐방을 즐기고 있었다.

"히나호에게도 보여 주면 어떨까?"

이럴 때조차도 히나호의 얼굴이 떠올랐다. 분명 이건 첫사랑일 것이다. 낯간지럽지만 그렇게 생각하고 있었다.

하지만 치러야 할 과제들이 많았다.

"첫사랑은 이루어지지 않는다던데……."

"뭐야? 사랑 얘기?"

"으악!"

갑자기 어둠 속에서 목소리가 들려와 놀라고 말았다.

"소마 발견!"

"히나호……."

꿈인가 환상인가. 히나호를 생각하고 있는데 마침 딱 진짜 히나호가 나타날 줄이야.

"아니, 어쩐 일이야, 이런 시간에?"

거기까지 말하고 생각났다. 히나호가 저녁에 이성을 잃고 집으로 끌려간 지 얼마 되지 않았다는 것을.

"이제 괜찮은 거야?"

"괜찮지 그럼! …실은 아니야. 사실 소마와 잠깐 얘기하고 싶어서 왔어."

히나호는 캠핑용 의자를 펼치고 그 위에 앉아 하늘을

올려다보았다.

"예쁘네."

"오늘은 특별히 더 그렇지? 석양도 보고 싶었는데……."

"어? 같은 생각을 했네. 나도 아까 그 생각 했거든."

히나호는 여느 때와 같이 밝아 보였다. '그런데 이 히나호는 어떤 히나호일까' 하는 생각이 문득 들었다.

저녁에 보았던 슬픔으로 가득찬 히나호가 원래 그녀의 모습은 아닐까, 하는 생각이 아까부터 계속 머릿속을 휘젓고 있었다.

"볼래?"

나는 쌍안경을 히나호에게 건네주었다.

"우와! 바다 같아. 별의 바다. 쌍안경으로 이 정도까지 보이는구나."

"태양만 보고 별은 잘 안 보는구나?"

"태양도 별이야."

"아, 그렇지!"

지금 이 하늘에 아로새겨진 별들 하나하나가 태양과 같은 항성들이다. 그걸 생각하면 우주의 광대함에 놀랄 따름이다.

한편으로, 뇌의 세계도 우주와 같이 끝이 없다고 전해

진다.

"있잖아, 혹시 알고 있어? 우주의 지도와 뇌의 신경세포 네트워크 이미지가 비슷하다는 이야기."

"정말? 몰랐어……."

"정말 똑같이 생겼어, 이거 봐."

나는 인터넷에서 검색한 이미지를 히나호에게 보여 주었다.

"정말이네! 그럼 우주도 여러 가지 생각을 하고 있는 걸까? 우주에도 기억이라는 게 있을까?"

"있지 않을까? 봐, 지금 우리가 보고 있는 별들은 다 옛날 모습이야."

별빛은 우주에서 가장 빠른 속도로 몇 년, 경우에 따라서는 수억 년에 걸쳐 지구에 도달한다. 그것은 우주의 기억이라고 해도 좋았다. 천문학자들은 그 별빛을 쫓아 우주의 역사를 풀어가는 역사학자이기도 했다. 우리는 광대한 역사의 흐름 속에 있으며, 그것은 모두 기억이라는 것에 의해 이어져 나간다.

"내 기억 속에도 별들이 반짝이고 있을까?"

히나호는 하늘을 올려다보며 중얼거렸다.

"그… 오늘 일은……."

"그래, 그거."

히나호의 목소리가 바뀌었다. 평소의 밝고 명랑한 목소리가 아닌, 조금 어둡고 조용한 목소리로.

"소마는 뭔가 알고 있는 거지?"

"어?"

"왜냐면… 내가 이상한 애라는 걸 알면서도 떠나지 않잖아. 지금까지 그런 사람은 사키밖에 없었어."

"아니, 이상하다니. 그런…….."

"내 비밀을 전부 이야기한 사람은 소마뿐이야. 사키에게도… 지난번 일에 대한 건 이야기하지 않았어. 뭐, 이미 눈치채고 있는 것 같지만 말이야. 사키에게는 고마운 마음뿐이야, 대단한 아이거든."

히나호는 자랑스러운 듯이 말했다.

그러고는, 핵심을 건드렸다.

"그 사진… 소마도 봤지?"

"…어."

"사키는 분명 그 사진을 소중히 간직하고 있었을 거야. 앨범을 보면 알 수 있어. 하지만 나에겐 그 사진에 대한 기억이 없어."

히나호는 쓸쓸한 목소리로 중얼거렸다. 나는 잠자코

히나호의 이야기를 기다렸다.

"그건 중학생 때의 나였어. 그건 알아. 그런데 사키는 왜 중학생인 나와 함께 찍혀 있는 거야? 거기에 있던 또 다른 여자아이는 누구야?"

그 아이는 너의 소중한 여동생, 먼저 세상을 떠난 네 여동생이야.

알고 있는 나도 괴로웠다. 그 사실 때문에 기억에 장애가 생긴 히나호를 눈앞에 두고 나는 더이상 참기가 힘들어졌다.

"왜… 울어?"

소리도 내지 못하고 눈물만 흘리는 나를, 히나호는 물끄러미 바라보았다.

"울어 주는구나. 나를 위해서."

시간이 얼마나 흘렀는지 모르겠다. 정신을 차리고 보니 우리는 둘 다 울고 있었다.

내 눈물은 히나호의 슬픈 과거에 이입한 눈물이었지만, 히나호의 눈물은 무엇이었을까. 아직 나에게는 그녀의 마음속이 보이지 않았다.

그린플래시는 과연 그 마음을 보여 줄 수 있을까.

한바탕 울고 난 뒤 우리는 잠깐 이야기를 나누었다.

"커피 마실래?"

"잘 마시겠습니다."

난로에 물을 끓이는 동안 우리는 말이 없었다. 난로 소리와 물 끓는 소리. 그리고 바다의 웅성거림과 별이 가득한 밤하늘의 싱그러운 공기만이 흘러가고 있었다.

커피를 타 히나호에게 건네자 그녀는 한 모금 홀짝이더니 후… 하고 숨을 내쉬었다.

그러고는.

"소마… 소마는 이제 나하고 엮이지 않는 게 좋을 것 같아."

이런 말을 꺼냈다.

"왜?"

내 대답은 NO였다. 그녀는 무슨 생각을 하는 걸까. 그걸 알고 싶다.

"자신의 존재를 잊어버릴 여자라니… 싫지 않아?"

"잊히지 않도록 노력할게."

"난 벌써 한 번 잊어버렸는걸."

"하하, 그랬지. 나와의 첫 만남은 생각나지 않는구나."

"응… 미안해. 그래도 다른 기억은 전부 남아 있다구!

단지 그 안에 소마의 얼굴이 없을 뿐이야. 그 기억 속의 소마와 지금의 소마는 같은 듯 달라. 제대로 설명하긴 어렵지만."

어두워서 히나호의 얼굴이 잘 보이지 않았다. 하지만 분명 슬픈 표정을 짓고 있을 것이다. 히나호의 그런 얼굴을 보며 이야기를 이어 나갈 자신이 없어서, 나는 랜턴을 켜지 않았다.

"나는 나고, 히나호는 히나호야. 히나호가 어떤 기억을 가지고 있든 그건 변하지 않아. 물론 아까는 나도 놀라긴 했어. 하지만 마주해야만 해."

"마주해야 한다라……."

"그래. 나오타카 씨는 지금이 좋은 기회라고 하셨어. 한번 진찰을 받아 보면 어떨까."

"진찰… 역시 이건 병이구나……."

"난 잘 모르겠어. 하지만 사키와 나오타카 씨의 이야기를 들어 보면 좋겠어. 내가 할 수 있는 건 너를 지지해 주는 것뿐이야. 아무 데도 가지 않을게. 네 기억 속에 계속 남고 말겠어. 무슨 일이 있어도."

"무슨 일이 있어도? 하지만 난 소마를 잊을지도 몰라. 아니, 이미 한번 잊기도 했고. 또 잊을지도 모르는데……."

"잊게 놔두지 않아. 이제 나는… 네가 잊도록 놔두지 않을 거야."

"어째서 그렇게까지 해 주는 거야? 나같이 이상한 애한테…….'

이유가 필요하다면 나에게는 확실한 이유가 있었다.

약간 망설이긴 했다. 하지만 이 말을 해야 한다면, 지금이었다.

"이유가 있다면, 그건 내가 너를 좋아하기 때문이야."

"어? 좋아한다고? 좋아한다니… 그러니까…….'

말했다.

지금까지 나눈 진지한 모든 대화들이 날아가버린 것처럼 히나호는 벙찐 얼굴이 되었다.

"좋아해, 히나호. 나는 너를 좋아하게 되어버렸어. 이것도 그린플래시의 기적일지도 몰라. 우리는 그린플래시로 이어져 있는 것 같아."

만약 히나호가 이런 특수한 상황에 있지 않았더라도, 나는 분명히 그녀를 좋아하게 되었을 것이다. 왠지 그럴 것 같았다.

"그렇구나. 나를 좋아하는구나. 그런 감정과 기억은 좋은 것 같아. 잘은 모르겠지만… 확실한 건, 나도 소마가 있어 좋아."

"잘 모르겠어?"

"응, 말로 하자니 어려운데, 그래도 곁에 있어 줘서 고맙다고 생각해."

"그렇구나."

지금은 이것으로 충분했다. 거절하지 않았다는 것만으로도 나는 기뻤다.

"오늘은 돌아가자. 데려다줄게. 너무 늦었어."

"응."

히나호는 순순히 일어섰다. 나는 지난번처럼 그녀의 캠핑용 의자를 들어 주기 위해 의자를 접기 시작했고, 불현듯 깨달았다.

히나호의 의자 파이프에 적혀 있던 '치'라는 글자와 그 뒷부분이 지워져 읽지 못했던 글씨.

"그랬구나, 이건……."

"왜 그래?"

"아니야… 갈까?"

히나호의 캠핑 의자는 아마도 여동생 치나가 준 선물일 것이다.

그것도 잊어버리다니. 너무나 슬펐다. 비록 괴로운 기

억일지라도 정말 좋아하는 사람에 대한 기억까지 잊어버리다니.

히나호와 밤길을 걸으며 결심했다. 히나호의 기억을 되찾기 위해서라면 광대나 악당이라도 되어 보겠다고.

내가 그녀의 영웅이 될 수 있을까? 아니야, 뭐가 되어도 상관없어. 난 지금 해야 할 일을 할 것이다. 그것뿐이었다. 그리고 그 일에는 사키와 나오타카 씨의 도움이 필요했다.

히나호를 무사히 데려다주고 사키에게 메시지를 보냈다.

제4장

섬광
저편으로

소마

　다음날 오후, 나는 다시 한번 사이바라 진료소를 찾았다. 사키와 정보를 교환하기 위해서이기도 했지만, 히나호에 대해 좀 더 적극적으로 알아보기 위해서이기도 했다.

　"그래서 마쓰자키 씨는 무슨 말이 듣고 싶으세요?"

　오늘은 진료실에서 사키와 나오타카 씨를 만났다. 다른 환자는 아무도 없었다.

　"히나호의 기억을 되돌릴 방법은 없나요? 지난번에 시기가 좋다고 말씀하셨죠?"

　분명 나오타카 씨는 지금이 좋은 시기라고 말했고, 그

렇다면 생각하고 있는 방법이 있을 것 같았다.

"그랬지. 자네라는 변수가 히나호에게 큰 자극이 된다고 생각하네. 기억이란 너무 큰 자극을 받으면 균형이 깨지는 법이거든. 하지만 사소한 일이 계기가 되어 원래대로 돌아가기도 하지. 난 그런 부분에 기대를 하고 있는데……."

"구체적으로 말씀해 주세요."

내가 묻고 싶은 것은 구체적인 치료 계획이었다. 히나호의 기억에 생긴 장애가 모종의 질병이라면 그에 대응하는 치료법이라는 것도 있지 않을까.

하지만 나오타카 씨는 조용히 고개를 흔들었다.

"절대적인 건 아니란다. 방법이 없는 건 아니지만 그만큼 리스크도 크지."

"알려 주세요."

나는 각오를 다지고 왔다. 어떤 방법이라도, 어떤 리스크가 있더라도 알아 두고 싶었다. 그 방법을 쓸지 안 쓸지를 떠나 선택지 중 하나로서 말이다.

"얼마 전에 그 전초전을 해 봤잖아요. 하지만 히나호의 혼란만 가중시킬 뿐이었어요."

"히나호는 여동생의 죽음을 받아들이지 않고 있어. 그래서 기억을 봉쇄했다고 생각해 볼 수 있지. 그 기억을 떠올리게 하는 것이 하나의 방법이지만, 거기엔 리스크가 따른다는 걸 알고 있지?"

"알고 있어요."

나오타카 씨의 표정도 난처해 보였다.

"나는 의사란다. 고칠 수만 있다면 고치고 싶어서 지난 1년 동안 쭉 봐 온 거야. 하지만… 그 문제에 깊게 관여하는 것은 의사로서의 영역을 넘는 일이 되기에 그저 지켜보기만 할 뿐이었다. 나는 할 수 없지만, 자네라면 할 수 있을지도 몰라."

"방법이 있다면 알려 주세요. 저는 각오를 하고 왔어요. 저 역시 히나호를 원래대로 되돌리고 싶어요. 소중한 사람도 잊어야 하는 인생이라니 너무하잖아요."

나는 사키 쪽을 바라보았다.

나의 시선을 받은 뒤 잠시 눈을 감고 고개를 숙였다 이내 눈을 뜬 사키는 나와 시선을 마주치지 않은 채 말문을 열었다.

"저 역시도 너무한 것 같다고 생각해요. 히나호에게도, 저에게도요. 하지만 히나호의 부모님은 지금까지 치료에 동의하지 않으셨어요. 지난번 그 일도 겨우 허락을 받았던 일인데 실패했죠. 앞으로는 새로운 치료를 시도할 수도 없을 것 같아요."

"어떻게 그런……."

그럼 히나호의 부모님은 히나호의 치료를 원하지 않는다는 말인가? 도대체 왜…….

"나도 의사로서 몇 번을 설득했다. 하지만 확실한 치료 방법도 아닌 데다, 그 결과로 더 큰 장애를 일으킬 위험마저 있는 그런 치료 방침에 납득하는 부모는 없을 거야. 그러니 시간을 갖고 상황을 지켜보는 것 말고는 선택지가 없었단다."

나오타카 씨가 사키의 말에 설명을 보태 주었다.

"보호자의 동의 없는 미성년자 치료는 불법이다. 촉각을 다투는 상황이라면 얘기가 달라지겠지만, 히나호의 경우는 그런 것도 아니었으니까. 나에게는 이 마을의 의료를 맡아 온 책임이 있었고, 합법과 불법의 경계를 뛰어넘기가 망설여졌는데……."

"자, 잠깐만요, 아버지!"

심상치 않은 분위기를 직감했는지 사키가 나오타카 씨의 말을 막았다. 무슨 말을 하려는 것일까.

"요즘 역 근처에 새로운 병원이 생겼단다. 보다시피 내 역할도 이제 곧 끝이 날 것 같구나."

텅 빈 대기실이 눈에 들어왔다. 영업 중인 진료소 같지 않게 환자들이 없었다.

"아직은 단골 환자들이 찾아 주고 있지만… 그마저도 점점 줄어가는구나. 최신 의료 시설을 갖춘 새 병원으로 옮긴 사람들이 많아. 나는 그걸로 됐다고 생각한다. 그래서 히나호를 치료하는 것을 마지막으로 매듭을 짓고 싶구나."

어떻게 된 것일까. 나는 침을 꿀꺽 삼키며 다음 이야기를 기다렸다.

"히나호에게 치나에 대한 것을 말할 생각이군요. 아버지."

사키가 그의 의중을 말해 주었다. 그 말은, 사키도 계속 생각하고 있었다는 뜻이겠지.

"그래."

나오타카 씨는 짧게 대답했다.

"하지만 그건 리스크가 너무 크지 않나요?"

내가 참견해도 되는 일인지는 모르겠다.

너무 거대한 슬픔에 짓눌리지 않기 위해 히나호는 자신의 기억을 도려냈다. 사진을 봐도 기억이 나지 않을 정도로 말이다.

그러니 그것이 어느 정도의 위험을 품고 있는지는 나

도 상상할 수가 있었다.

"그렇기 때문에 자네의 역할이 중요해."

"네? 제가요?"

내가 뭘 할 수 있단 말인가.

"자네는 히나호의 남자친구가 아닌가? 히나호에게 치나만큼 소중한 사람이 생긴다면, 히나호가 다시 일어설 가능성은 훨씬 높아질 거야."

"아니, 잠시만요."

왜 이야기가 그렇게 되는 걸까.

물론 나는 히나호에게 호의를 가지고 있었고 그녀에게 다가갔다. 어젯밤에는 고백 비슷한 것을 하기도 했고, 히나호도 일단은 그 마음을 받아 준 것 같았다.

하지만 그렇다고 해서 '오늘부터 1일'이라고 하는 것도 뭔가 아닌 것 같았다. 소중한 존재임을 부정하는 건 아니지만, 아니… 오히려 나로서는 그런 쉬운 말로 표현할 수 있는 사이가 아니었다.

"물론 히나호는 저에게 소중한 사람이에요. 하지만 치나랑 비교했을 때 어떻다든가 하는 것은… 그런 말은 옳지 않은 것 같아요."

"그래… 네 말이 맞다. 부적절한 표현이었구나. 미안

하다.”

사키도 나오타카 씨도 1년 이상 이 문제에 매달리며 지쳤던 것이다. 여기서 이렇게 옥신각신한다고 해결책이 나올 리 없었고 어찌해야 할지 더더욱 막막해졌다.

“기적인가⋯⋯.”

그린플래시가 부르는 기적. 만약 그런 게 있다면 그 기적에라도 매달리고 싶었다.

내가 뭘 할 수 있을까?

이곳에 머무를 수 있는 시간은 이제 그리 많이 남지 않았다. 주머니 사정은 현실을 직시하게 만들었다. 여기 있으면서 아르바이트라도 할걸⋯ 후회해도 소용 없었다.

히나호

오늘은 날도 흐린데다 아침부터 몸 상태가 좋지 않아 학교도 가지 않았고, 소마와 사키도 만나지 못했다.

아빠와 엄마는 밤마다 고기를 잡으러 나가셔서 오늘 밤에도 집에는 아무도 없다.

나는 늘 혼자 집을 지켜 왔다.

그런데 요즘은 계속 뭔가 이상했다.

귀신. 그래, 귀신이 내려올 것 같은 느낌에 견딜 수가 없었다.

내가 쓰러진 1년 전 그날 이후 내 모든 짐들을 이 부엌 구석으로 가지고 나왔고, 그 방은 텅 빈 채로 봉인되었다고 들었다.

그 즈음의 기억이 나에게는 없다. 지금까지는 별로 신경을 쓰지 않았지만, 나의 이 묘하게 선명한 기억의 시작이 사키와의 만남이라는 것을 얼마 전에 깨달은 것이다. 그 이전의 기억은 너무 뜬구름 같았고 이후의 기억은 기분 나쁠 정도로 세세했다.

그리고 그 사진. 내 기억이 맞다면 고등학교 입학식 날 이전에는 사키와 만난 적이 없어야 할 텐데… 대체 그 사진은 뭐였을까?

그게 계속 내 기억의 바다를 휘젓고 있었다. 기분이 나빴다.

혼자 있게 되자 괜히 그 느낌이 강해지며 기분이 이상해졌다.

"좋았어."

결심했다. 이 불쾌감의 원인이 저 방에 있는 귀신이라면 뭐라고 한마디 해 줘야겠다고. 저 방문을 열어 봐야겠다.

그 사건 이후로 우리 가족은 2층을 올라가는 일이 거

의 없었다. 내 방이 부엌 구석이 되어버린 것도, 부모님 방을 제외한 다른 방들은 전부 2층에 있기 때문이다. 가끔 아빠가 물건을 가지러 올라가는 경우를 제외하면 2층에는 정말 아무도 가지 않게 되었다.

하지만 아빠도 엄마도 귀신을 무서워하는 분위기는 아니었고, 귀신 이야기를 꺼내는 일도 별로 없었다. 단지 '2층은 기운이 좋지 않으니 올라가면 안 된다' 라고 하실 뿐이었다. 나는 고지식하게 그 말을 계속 지켜 왔고, 왠지 모르게 가까이 가고 싶지 않다는 마음이 있었던 건 확실했다.

그런데 이제는 달랐다. 그 사진을 본 지금은 어떻게든 저 방문을 열고 싶은 마음뿐이다.

계단의 불을 켰다. 밝으니까 괜찮아. 밝은 곳에는 귀신이 나오지 않아.

그래도 역시 좀 무서웠다. 또 쓰러지면 어쩌지? 지금은 나 혼자뿐인데…….

시계를 보니 오후 7시였다. 아직 그렇게 늦은 시간은 아니었다.

✉밥 먹었어? 안 먹었으면 대접할게, 우리 집에 오지 않을래?

만일을 대비해 소마를 불렀다. 사실은 소마가 보고 싶었다. 그렇지만 솔직하게 말하기는 부끄러워 같이 저녁 식사를 하자고 돌려서 말한 것이다. 정말 못났다.

소마

히나호에게서 문자가 왔다.

저녁 식사도 좋았지만, 비가 올 것처럼 구름도 잔뜩 긴 데다 히나호의 몸 상태도 좋지 않다고 해서 걱정되던 참이었는데 볼 수 있는 구실이 생긴 게 더 좋았다.

어젯밤, 우리는 서로의 마음을 확인한 거라고 생각하고 싶었다. 살짝 받아넘긴 것 같은 느낌도 들지만, 상대에게 마음을 전했고 거절하지 않았다면 그건 OK라는 뜻일 것이다. 사실 극적인 고백 이후 바로 열렬한 연애를 시작하는 건 드라마 속 이야기에 가까울 테니.

사키의 표현대로 이분자에 불과한 내가 히나호에게 더다가갈 수 있는 기회는 역시 지금일지도 모른다.

한달음에 히나호의 집까지 왔다. 뭔가 마음이 조급해졌다. 이곳에 온 이후로 너무 많은 일들이 있었기 때문에, 대학 입시 실패 같은 건 별로 상관이 없어지고 있었다. 오히려 그런 과거가 있었던 게 고맙게 느껴질 만큼 히나호의 문제가 마음을 옥죄였다.

　도착하자마자 문득 위화감이 들었다.

　"2층에 불이 켜져 있네?"

　전에 왔을 때 히나호는 2층에서 귀신이 나오기 때문에 지금은 사용하지 않는다고 했다.

　왠지 안 좋은 예감이 들었다.

　"히나호, 나 왔어. 몸은 좀 괜찮아?"

　나는 현관문을 열며 말을 걸었다. 맛있는 냄새가 났다.

　"어서 와, 소마. 갑자기 불러내서 미안해. 몸은 이제 완전 괜찮아."

　"아니야. 저녁 식사를 대접해 주는 것도 고맙고, 걱정하고 있었는데 히나호를 볼 수 있어 다행이야."

　물론 나의 진짜 목적은 저녁 식사가 아니었다. 히나호의 모습을 보는 것이었다.

　부엌으로 가면서 2층 계단의 불이 켜져 있는 것을 확인했다. 밖에서 2층 불이 켜져 있는 것처럼 보였던 것은 바로 이 빛 때문일 것이다.

　별로 특별할 것도 없는 계단이었고, 2층 복도 역시 특별히 무서운 분위기가 풍기거나 하지는 않았다.

　단지 이제 2층에는 아무도 올라가지 않는다고 했고, 오늘도 부모님은 고기를 잡으러 나가신 것 같았다.

"많이 기다렸지? 오늘은 도미찌개와 오징어회야. 우리 부모님이 잡으신 거라 아주 싱싱해."

"우와, 정말 엄청난데?"

신선한 오징어회는 투명하다고 들었는데 과연 그랬다.

고추냉이 간장에 찍어 먹으면 너무 맛있을 것 같아 한 점 찍어 먹으려는 순간 오징어회가 꿈틀거려서 깜짝 놀랐다.

"꼬들꼬들한데? 이런 건 처음 먹어 봐."

"후후, 항구 지역의 특권이랄까. 우리는 맨날 이런 것만 먹는데."

"우와, 도시에서 이런 회는 구경도 못 해."

"도시라… 글쎄… 회는 맛이 없을지 몰라도 사람 사이의 관계는 최소한만 요구되지 않을까…?"

히나호가 갑자기 그런 말을 꺼냈다.

나는 히나호가 무슨 말을 하고 싶은지 알 것 같았다. 그녀는 이 좁은 시골 마을에서 사람들을 잊어갔다. 아니, 이미 대부분의 사람들을 잊은 게 아닐까. 평범한 일상생활 속에서 3일 이상의 시간을 넘기지 않고 늘 만나는 관계라면 가족밖에 없을 테니까.

생각해 보면 히나호는 항상 웃고 있었다. 만나면 '헤이!' 하고 밝은 미소로 손을 흔들어 주었다. 그러나 그 미소 너머에는 분명 절망적인 고독과 적막이 있었던 게 틀림없다. 그런 히나호였기에, 사람과의 관계가 얕은 도시를 꿈꾸는 마음도 이해할 수 있었다.

　다만, 실제 도시는 히나호가 꿈꾸는 것과 같지 않다는 것을 나는 잘 알고 있었다. 도시에서는 일하지 않으면 살 수 없고 일을 하는 이상 관계라는 건 발생한다. 그런 관계에서 사람들을 3일 만에 잊어버린다면 오히려 시골에서보다 문제가 더 커질지도 모른다.

　"도시도 그렇게 좋은 곳은 아니야."

　"그렇구나."

　히나호는 내 말을 순순히 받아들였다. 진심으로 한 말은 아니었던 것 같다.

　"그런데, 사실 오늘 소마에게 부탁이 있어서 불렀어."

　"부탁?"

　히나호가 갑자기 진지한 말투로 말했다.

　"응. 저기… 귀신 퇴치 좀 도와 줘!"

　나로서도 여러 번 밥을 얻어먹은 은혜에 보답하기 위해 할 수 있는 건 뭐든지 할 생각이었지만, 히나호의 입에서 나온 말은 예상 밖이었다.

"귀신 퇴치? 2층을 말하는 거야?"

"응. 나 혼자 있을 때 예전처럼 쓰러지거나 하면 곤란할 것 같아서. 이런 부탁을 할 수 있는 사람은 소마밖에 없거든……."

"난 귀신 퇴치 경험 같은 건 없는데?"

"나도 없어. 괜찮아, 2층 방문을 열기만 하면 되는 일이야."

히나호는 대수롭지 않은 듯 말하며 밝게 웃었다.

그러나 나는 알고 있었다. 그녀가 쓰러진 진짜 이유는 귀신 때문이 아니라는 것을.

히나호는 아직 그 사진 속 아이가 여동생 치나라는 것을 모르고 있었다. 하지만 나는 저 방이 봉인되어 있는 진짜 이유와, 그 안에 있는 것들이 무엇일지 짐작할 수 있었다.

말려야 할까. 하지만 말린다 해도 어떻게 말린다는 것인가.

히나호는 저 방문을 열기로 결심했다. 이건 나오타카 씨가 말했던 '변화'일지도 모른다. 그렇다면.

"알았어, 같이 하자."

만약 무슨 일이 생기더라도 대처할 수 있으니 나를 부른 건 좋은 생각이었다. 만약 혼자 쓰러진 채로 무슨 일이라도 생기면 큰일이었다.

밥을 먹고 뒷정리를 하는 동안, 짧은 시간이었지만 묘한 긴장감이 우리를 감돌았다. 드디어 2층으로 올라갈 시간이 왔다.

"여기."

히나호가 건네준 것은 못을 제거하는 공구였는데 꽤 크고 튼튼해 보였다.

"못이 너무 꽉 박혀 있거든. 내 힘으로는 못할 것 같아."

"내가 한번 해 볼게."

나도 그 문을 보는 것은 처음이었는데, 문을 보자 어떤 전율을 느꼈다.

'네가 이래도 들어갈 테냐' 싶을 정도로 많은 판자들이 문을 봉한 채였고, 정말 무슨 저주받은 뭐라도 가두고 있는 듯해 중압감이 느껴졌다.

아마도 이렇게 해 놓은 사람은 히나호의 아버지일 테고, 그 장면을 상상하니 몸서리가 쳐졌다. 이렇게 하지 않고는 버틸 수 없었을 그의 감정들이 시각적으로 나를 덮쳐오는 것 같았다.

열어도 될까?

이 안에 뭐가 있는지는 예상 가능했다.

그걸 봤을 때 히나호는 어떻게 할 것인가.

"저기, 히나호. 근데, 정말 열어도 괜찮을까…?"

나는 한번 더 물어보았다.

"열지 않으면 안 돼. 이제 귀신은 쫓아내야 해. 내 머릿속에서도 쫓아내야 해."

"……."

귀신이 아니었다.

히나호의 기억을 왜곡시킨 것은, 그녀가 가장 사랑했던 여동생의 죽음과 히나호가 여동생에게 쏟은 애정이었다.

그러나 나는 히나호의 소원을 이루게 해 주고 싶었다. 그녀 스스로 현재를 바꾸려 하고 있었으니 말이다. 그러나 이 문을 여는 것이 무섭기도 했는데, 그래서인지 어쩐지 판자는 꿈쩍도 않고 우리의 침입을 계속 거부하고 있는 것 같았다.

"이거 안 되겠는데… 못도 큰데다 너무 깊이 박혀 있어. 이 많은 판자들을 다 뜯는 건 힘들겠어."

나는 실망 반 안심 반으로 말했다. 이 판자는 히나호의 기억 속 잠금장치 중 하나다. 이걸 여는 게 약이 될지 독이 될지는 나로서는 알 수 없었다.

그런데 히나호는 달랐다.

"그래? 그렇다면… 잠시만 기다려 봐."

히나호는 혼자 아래층으로 내려갔다. 그녀는 어떻게든 이 문을 열 생각인 것 같았다.

덜컹, 하고 바람에 창문이 흔들렸다.

"으으… 분위기도 으스스하고 무서워 죽겠네. 이봐, 날 뛰기 시작한 거야?"

오후부터 날씨가 차차 갰는데 어느새 다시 구름이 끼면서 바람이 거세지고 있었다.

히나호네 집은 낡아서 창문 여닫이가 느슨한지 강풍에 덜컹거리기 시작했다. 빗방울이 불규칙하게 창문을 두드리더니 순식간에 폭우가 쏟아졌다.

"게릴라성 호우인가?"

멀리서 천둥소리가 들렸다. 흔히들 춘람春嵐*이라고 하지만 이렇게까지 급변할 줄이야.

야영을 하다보면 일기예보에 민감해지는데, 오늘 비 소식은 없었다.

---

* 봄날의 안개 또는 센 바람.

국지적인 악천후는 예측이 불가능했다. 그렇다 치더라도 하필 이런 때에… 마치 치나의 영혼이 이 문을 열지 말라고 거칠게 날뛰는 것처럼 느껴졌다.

곧 천둥 번개가 치기 시작했다. 번개가 치는 것 같더니 멀리서 들리던 천둥 소리가 어느새 가까워졌고, 쾅, 하는 충격과 함께 곧 굉음이 울려 퍼졌다.

"말도 안 돼."

이 일대의 전기가 다 꺼진 것 같았다. 정전이었다.

아무리 그래도 '귀신 나오는 2층'의 어둠 속에 홀로 남겨지는 건 조금 싫었다.

그러던 중 찰박찰박, 계단을 올라오는 발소리가 들렸다. 히나호가 돌아온 모양이었다.

히나호 맞겠지? 히나호 말고 올 사람이 또 있나?

만약 히나호가 아니라면 그야말로 진짜 공포다. 지금 내 수중에는 작은 손전등 하나도 없는 상태였다.

아니지, 잠깐.

핸드폰이 있었다. 다급하게 핸드폰을 꺼내 든 순간, 다시 번개가 쳤고 그 순간 빛과 함께 나타난 것은… 도끼?

그 순간 낙뢰의 굉음이 울렸다.

"으악!"

"꺄악!"

내 비명에 히나호의 목소리가 겹쳐 들렸다.

다행히 히나호였구나, 그런데 그 흉기 같은 것은 도대체…….

"갑자기 천둥 번개가 치더니 정전이 되네. 정전된다는 소리도 없었는데……."

"그야 정전이 예고하고 되진 않지. 그것보다, 뭘 가져온 거야?"

"응? 이걸로 문을 부수면 어떨까 싶어서."

"그건 좀… 너무 과격하지 않아?"

히나호가 손에 들고 있는 것은, 자루가 긴 도끼라고 해야 할까. 나무를 벨 때 쓰는 도구 같았다.

무게도 꽤 나가 보이고, 확실히 이걸 쓰면 나무 문이 부서질 것 같긴 하지만…….

"나중에 부모님께 혼날 것 같은데?"

"상관없어, 이제 나도 사소한 건 신경 쓰지 않을 거야. 부탁해."

히나호는 나에게 도끼를 건네주었다.

정말 이 문을 부숴도 괜찮을까?

그러나 히나호의 결심은 꽤 굳은 듯했다.

빗방울이 창문을 두드리고 바람이 집을 흔들었다. 요란한 대자연의 폭력이 소리가 되어 귓전을 때렸다.

캄캄해진 주변은 아무것도 보이지 않았다. 불온한 분위기가 감돌았다.

"여기."

그런 생각을 하고 있는데 히나호가 도끼를 내밀었다.

"완전히 산산조각을 내도 좋아!"

여전히 갈팡질팡하는 내게 히나호가 말했다.

히나호의 뇌가 봉인한 기억의 근원이 아마 이 안에 있을 것이다. 그리고 그것을 여는 역할이 내게 맡겨진다면… 이미 각오를 했기 때문에 내가 해야만 한다.

"손전등 잘 비추고 있어."

"응!"

나는 도끼를 크게 휘둘렀다. 복도가 넓어 마음껏 휘둘러도 되서 다행이었다.

쿵, 무거운 충격이 손으로 전해졌다. 도끼 같은 건 처음 써 봤지만, 자루가 길고 칼날의 무게가 꽤 나가 나무 문에는 충분히 효과가 있을 것 같았다.

박힌 도끼를 뽑는 건 조금 힘들었지만 도끼질은 생각보다 쉬웠다. 처음이 어렵지 조금 해 보니 재미도 있었다.

사람이 들어갈 수 있을 정도의 공간이 생겼을 때 나는 도끼질을 멈췄다.

"히나호. 이제 들어갈 수 있을 것 같아."

"으, 응."

정전된 것을 감안해도 방 안은 유독 캄캄했다. 아마 밖에서도 안을 볼 수 없도록 창문에도 못을 박아 두었을 것이다.

"이 안에 뭐가 있다 해도… 난 이제 귀신에게 지지 않아…!"

히나호는 다시 한번 다짐하며 손전등을 비추고 고개를 숙여 문에 난 구멍을 통해 방으로 들어갔다. 곧바로 나도 뒤를 따랐다.

방안에서는 먼지 냄새가 조금 났다. 1년 넘게 닫혀 있던 방이니 이상한 일도 아니었다.

어두웠지만 그럼에도 방이 꽤 넓은 것이 느껴졌는데, 텅 빈 공간 특유의 반향이 있었기 때문이었다.

히나호가 손전등을 비춘 부분에는 텅 빈 벽만 보였다. 손전등을 틀어 그 반대쪽을 비추는 순간 히나호는 일순 움직임을 멈췄다.

"소마… 이게… 뭐지?"

"이건……"

역시… 라는 생각이었다.

이곳은 예전에 히나호와 치나가 함께 쓰던 방이었다.

텅 빈 오른쪽은 히나호의 공간인 듯했다. 지금 비추고 있는 왼쪽에는 작은 침대와 책상, 자잘한 소지품들이 그대로 남아 있었다. 의자에는 빨간 책가방이 걸려 있었고 책상 위에는 2년 전 연도가 적힌 시간표가 투명한 파일에 끼워져 있었다.

히나호는 천천히 치나의 공간으로 걸음을 옮겼다. 그리고 하나하나 확인하듯 손전등을 비추어 보았다.

옷장, 침대, 책상… 어느 것이든 크기가 작아 그 가구의 주인은 몸집이 작다는 것을 말해 주고 있었다.

한번 빙 둘러 보는데 시간은 그리 오래 걸리지 않았다. 히나호는 손을 뻗어 의자에 걸린 책가방을 들었다. 가방을 열자 안에는 히라가나로 '미사키 치나'라는 이름이 적혀 있었다. 나도 모르게 긴장이 됐다. 마침내 히나호는 치나의 이름을 보고 말았다.

한때 사랑했던 여동생. 지금은 히나호의 기억 어디에도 없는 이름이었다.

"누구지…? 소마, 이 사람이 귀신… 인가?"

히나호는 조용히 중얼거리며 그 책가방을 쓰다듬었다.

"소마, 치나가 누구야? 난 모르는데… 아니, 아니야… 잊어버린 거구나… 내 기억 어디에도 이 이름은 없는데… 소마, 나 왜 이런 거지?"

그녀의 목소리가 점점 눈물에 젖어갔다.

나는 아무 말도 하지 못하고 망연히 서 있을 뿐이었다.

사키에게 치나 이야기를 들어서 예상은 하고 있었다. 이 방에는 치나와 관련된 것들이 있어서 히나호가 들어가지 못하도록 귀신 이야기를 지어냈다는 걸.

그렇지만 내가 히나호에게 치나의 이야기를 전하는 게 맞는 건지 모르겠다. 게다가 지금은 목소리가 나오지 않았다. 마치 성대가 마비라도 된 것처럼, 입이 말라버린 것처럼, 나는 아무 말도 할 수 없었다.

"이제 알았어, 소마. 내가 봤던 귀신은 분명 이 아이야. 그렇지만 아무것도 생각나지 않아. 이 아이는 어디로 갔어? 나에게 무슨 일이 있었던 거야? 왜 아무도, 아무것도 가르쳐 주지 않는 거야?"

충격요법은 기억 복원에 효과가 있다고, 기억에 관한 다양한 연구들에 의해 알려져 있었다. 그러나 지금의 히나호에게는 효과가 없는 듯했다.

히나호는 모든 정황 증거가 다 있는 이 방에서 치나의 존재를 이해했고, 기억을 전부 뒤져 보았지만 역시나 발견하지 못한 것이었다.

"아아아아아아아!"

극도의 절망감에 눈물을 흘리는 히나호. 소리 없이 흐르던 눈물은 울부짖음이 되었고 히나호는 그 자리에서 무너져 내렸다.

"미안, 미안해! 난 네가 누군지 모르겠어! 기억도 나지 않아! 넌 왜 여기에 없는 거야!"

아마도 히나호는 이해했을 것이다. 치나는 그녀의 기억에만 없는 것이 아니라 이 세상에도 더는 없다는 것을.

"소마, 소마는 알고 있었어? 사키는? 아빠와 엄마는? 모두 알고 있었던 거야? 나만, 나만……."

히나호는 울며 내게 매달리듯 손을 뻗었다.

그랬다, 오직 히나호만 아무것도 알지 못했다. 아무것도 모르고 히나호가 살아 온 세계는 다정한 것처럼 보였지만 잔혹한 세계였다.

사람은 모든 걸 기억할 수 없고, 시간의 힘을 빌려 조금씩 잊게끔 되어 있다. 하지만 히나호의 경우, 시간이 지나면서 자연스럽게 슬픔이 치유되는 일반적인 과정을 거치지 않고 강제로 차단됐기 때문에 현재의 기억에 장애가 남아 있는 상태였다. 슬픈 기억이 제대로 정리되지 않아 모든 기억의 흐름을 방해하고 있었다.

행복이란, 면면히 이어져 온 기억의 끝에 있는 것이다.

히나호는 행복이 계속되길 바란다고 했다. 그렇다면 그녀의 행복을 위해 필요한 것은, 과거와의 재회, 그리고 극복이다.

사키와 나오타카 씨도, 그리고 아마 히나호의 부모님도, 히나호가 치나를 떠올리는 것이 그녀에게 나쁜 영향을 미칠까 두려웠을 것이다. 그 마음을 이해하지 못하는 건 아니었다. 가까운 사이일수록 그러한 불안감에 얽매이게 되니까.

그러나 나는 달랐다.

나는 외지인이고 이분자였다. 하지만 그랬기 때문에 계속 히나호 곁에 남아 진실을 전하겠다는 선택도 할 수 있었다.

내 다리를 붙들고 우는 히나호를, 나는 몸을 굽혀 살며시 껴안았다.

"소마……."

히나호는 조용히 내게 몸을 맡겼다. 나는 결심했다. 이제는 히나호에게 치나에 대한 것을 전해야만 한다. 나는 히나호를 다정하게 감싸 안으며 귓가에 속삭였다.

"잘 들어 히나호. 그 아이는 치나야… 네 여동생이야."

히나호의 손이 내 옷을 꽉 움켜잡았다.

"무슨 사정이 있었는지는 모르지만… 치나는 세상을 떠났어. 내가 아는 것은 그것뿐이야."

"응, 맞아. 내가 죽인 거야……."

"어?"

나는 철렁했다. 뭔가 기억이 돌아온 걸까? 아니, 그렇다는 건…!

"소마, 기억이란 뭘까? 이렇게 소중한 걸 기억하지 못하다니… 나 너무 멍청하지 않아? 치나라는 아이… 그 사진 속 아이 맞지? 그 아이가 내 여동생이구나… 하지만 그래도 난 기억나지 않아. 왜일까? 이러면 내가 그 아이를 죽인 거나 다름없어. 기억 속에서 말이야."

"…히나호."

말이 나오지 않았다. 히나호는 사키와 같은 표현을 썼다. 죽였다고 했다.

소중한 존재가 세상을 떠난다면 사람들은 뭐라고 말할까.

아마도 이럴 것이다.

'그 사람은 모두의 추억 속에 영원히 살아 있을 거야.'

사람들은 그렇게 시간의 흐름 속에 슬픔을 방류하고 치유해 간다. 그게 살아간다는 것이고, 우리도 언젠가는 누군가의 기억 속에 추억으로 살아 있는 날이 올 것이다.

그러나 히나호는 그럴 수 없었다.

"너무 잔인해. 소마, 난 소중한 사람을 잃었다는 사실도 기억할 수 없는 걸까? 앞으로 또 이렇게 사랑하는 사람들을 잊어야만 하는 걸까? 그럼 내 인생은 뭐야? 더이상 외톨이로 살고 싶지 않아……."

히나호는 살며시 몸을 뗐다. 그리고 소중한 것을 안듯 책가방을 가슴에 품었다.

"소마, 내가 기억해 낼 수 있을까? 치나도, 다른 사람들도… 소마가 그때 말했었지? 고등학교 친구들과 소원해졌다고. 그런데 난 중학교 친구들의 얼굴조차 기억 못 해, 단 한 명도. 그러니까 나는 분명……."

히나호는 흐르는 눈물을 닦을 생각도 않고 책가방을 쓰다듬으며 결정적인 한마디를 던졌다.

"사키도 죽었던 거야……."

히나호의 손에서 힘이 빠지며 책가방이 바닥으로 떨어

졌다.

히나호는 그 자리에 웅크리고 앉아 엉엉 울었다.

참혹한 현실을 깨닫고 말았다. 하지만 그런데도 히나호의 기억은 돌아오지 않았다.

최악이다.

이렇게 되면 히나호는 씻을 수 없는 죄책감을 짊어진 채, 시간으로 치유되는 일도 없이 체념만을 벗삼아 살아가게 될 것이다.

"히나호, 내가 옆에 있을게. 네 곁에 있을 테니까⋯⋯."

나는 울고 있는 히나호를 뒤에서 감싸 안았다. 히나호는 힘없이 나에게 몸을 맡겼다.

"이제 됐어, 소마. 나⋯ 이제 지쳤어. 소마가 오고 나서 내 머리는 과부하 상태가 되었어. 그래도 덕분에 알게 됐어. 알게 됐을 뿐 기억이 나지는 않지만⋯ 그래도 알게 된 거야."

히나호는 힘없이 가냘픈 목소리로 이야기를 이어 갔다.

"나는 여기에 있으면 안 돼."

히나호는 눈물 젖은 얼굴을 들어올렸다. 초연한 눈동자는 모든 것을 포기한 것처럼 보였다.

"내가 아무리 노력해도 나는 사람들을 잊어 갈 거야.

생각해 보면 사키는 나와 매일같이 만났어. 희한할 정도로 항상 같이 있었고, 하루이틀만 안 만나도 연락이 와서 함께 놀았지. 그만큼 친해서 그런 거라고 생각했는데 단지 그것만이 아니었던 거야. 사키는 나에게 살해당하지 않으려고 노력하고 있었던 거야."

아무 말도 할 수 없었다. 그 말이 맞았으니까. 사키는 필사적으로 히나호의 기억 속에 남아 있으려 했다. 내가 이곳에 올 때까지 히나호의 기억 속에 살아 있던 사람은 히나호의 부모님을 제외하면 사키가 유일했다. 1년이라는 세월은 그리 긴 시간이 아닐지도 모르지만, 필사적으로 살아남아야 하는 사람에겐 너무나도 긴 시간이었다. 사키에게 있어 히나호는 그만큼 특별했던 것이다.

"저기, 나 소마도 한 번 잊었었지? 며칠 만에 잊은 거야?"

"어, 그게……."

그랬다. 히나호는 자신이 얼마 만에 사람을 잊는지 알지 못했다. 잊었다는 사실도 모르니 언제 잊었는지도 모르는 것이다.

말해 줘도 될지 망설여졌지만 이제는 알려줘야 했다. 이 정보는 히나호에게 매우 중요한 것이었다. 어렵겠지만, 알고 있으면 막을 수 있는 상실도 있을 것이기 때문이다.

"3일 정도… 라고 사키가 말해 줬어."

"그렇구나… 내 세계는 3일 만에 변해버리는구나. 아니지, 난 분명 매일 누군가를 죽이고 있어. 3일 전에 만난 사람은 오늘, 이틀 전에 만난 사람은 내일. 그렇게 매일 누군가를 지우고 있구나."

히나호는 조용히 미소를 지었다. 그러고는 한동안 아무 말도 하지 않았다.

그러다 순간, 망령처럼 벌떡 일어나 아래층으로 내려갔고, 부엌에 있는 자기 침대에 앉아 따라 내려 온 나에게 작은 목소리로 말했다.

"오늘 고마웠어, 소마."

그러고는 이불을 뒤집어쓰고 웅크렸다.

나는 잠시 상황을 지켜보고 말도 걸어 보았지만 히나호는 아무런 대꾸도 없었다. 그 마음을 이해하기에 일단 자리를 뜨기로 했다.

내일 히나호의 부모님이 돌아오시면 난리가 나겠지… 각오는 되어 있었다.

"히나호가 없어졌는데, 마쓰자키 씨는 뭔가 알고 있나요?"

다음날 아침, 사키의 전화에 잠이 확 깼다.

"없어졌다니, 무슨 소리야!"

"모르니까 물어보는 거잖아요! 오늘 새벽 히나호네 부모님이 돌아왔는데 히나호가 없었대요. 메모 같은 것도 없고 어디로 갔는지 모르겠대요. 그렇게 이른 시간에 학교에 갔을 리도 없고요!"

속이 콱 막히며 기분 나쁜 중압감이 느껴졌다.

분명 어제의 일이 원인일 것이다. 설마 히나호가 가출할 줄은 생각지도 못했다.

"아까부터 제 연락은 받지도 않아요. 아무튼 저도 오늘은 학교에 안 갈 거니까 지금 바로 히나호네로 오세요!"

물론 어제 히나호가 많이 힘들어 보이긴 했다. 하지만 그렇다고 이렇게 될 줄이야.

나는 황급히 히나호의 집으로 달려갔다.

도착해 보니 사람들이 모두 2층에 모여 있었다. 사키와 나오타카 씨, 그리고 히나호의 부모님까지.

"오전 4시쯤 히나호의 부모님이 돌아왔더니 히나호는 사라지고 없었고 2층 방문이 부서져 있었대요."

나는 어떻게 말해야 할지 망설여졌다.

다만 말을 한들 히나호가 없어졌다는 사실에는 변함이

없었다.

어제 일을 설명하는 것보다 히나호를 찾는 게 먼저였다.

"선생님, 히나호는 어떻게 된 겁니까!"

히나호의 아버지는 나오타카 씨에게 따졌지만 그 사정을 나오타카 씨가 알 리 없었다.

"저기, 사키. 혹시 2층 방은……."

나는 물론 알고 있었다. 하지만 그래도 사키에게 확인하고 싶었다.

"네. 치나와 히나호의 방이에요. 왼쪽이 치나, 오른쪽이 히나호가 쓰던 공간이었어요. 히나호는 이 방에서 내내 우울해하다 결국 쓰러졌죠. 그 이후로 이곳은 쭉 닫아 두었고요."

예상했던 대로였다. 그리고 히나호의 부모님이 그렇게 했던 마음도 이해할 수 있었다.

이 방은 히나호뿐 아니라 히나호의 가족들과 사키에게도 마음 아픈 장소인 것이다. 그렇지만 이들은 적어도 치나를 떠올릴 수 있었고, 시간을 벗삼아 슬픔을 달랠 수도 있었다. 그게 가능했던 이유는 슬픔을 기억하고 있으며 그것을 마주보았기 때문이다.

나는 다시 한번 방을 둘러보았다.

밝을 때 보니 느낌이 또 달랐다.

치나의 공간은 예전 모습 그대로 남아 있는 듯했다. 학교에서 쓰던 교과서와 프린트물, 침대 머리맡에 놓인 인형까지. 어제 히나호가 떨어뜨린 책가방만이 지난 1년간 유일하게 움직인 물건이었을 것이다.

나는 책가방을 들었다. 팔랑, 하고 무언가 떨어졌다.

"뭐지…?"

나도 모르게 그것을 주워 들었고, 숨을 죽였다. 소리를 지를 뻔한 것을 겨우 참았다. 그것은 그린플래시 사진으로, 히나호와 내가 가지고 있는 것과 같은 것이었다.

다만 내 것이 원판 사진이고 히나호의 것이 잡지에서 오린 거라면, 이것은 히나호의 것을 컬러 복사 한 것 같았다.

사진 뒷면을 보자, 어린아이의 글씨로 이런 글귀가 적혀 있었다.

언니가 내 병이 나을 수 있도록, 옛날에 봤던 엄청난 태양에게 부탁해 준다고 했다. 건강해지면 나도 같이 보고 싶어… 그린플래시는 기적을 일으킨다던데. 나도 기적을 믿고 싶어.

나는 몸이 떨렸다.

아버지가 찍은 그린플래시 사진이 이렇게 누군가의 마음을 흔들고 있었다니.

히나호가 바라던 기적은 바로 이것이었다.

그런데도 그녀는 모든 것을 잊어버렸다. 아니, 봉인해 버리고 말았다.

찾아야 한다. 히나호에게 치나의 메모를 전해 줘야만 한다.

"일단 히나호를 찾아 봐야겠어요. 어딘가 짚이는 곳이 있을까요?"

나는 그 사진을 소중하게 품에 넣은 후, 히나호의 상황을 생각해 보았다.

여기 있는 사람들이 생각할 수 있는 모든 가능성을 모은 뒤 흩어져 찾기로 했다.

가능하다면 내가 제일 먼저 찾아 이걸 전해 주고 싶었다.

'아버지, 저를 이끌어 주세요. 이 그린플래시는 제 인생을 바꿀지도 몰라요. 그리고 히나호의 인생을 구할지도 모르고요!'

그린플래시를 보고 싶어 하는 그녀와, 그것을 보기 위해 이곳에 온 나. 이 유대감을 믿으며 나는 달려 나갔다.

히나호

정신을 차리고 보니 집을 뛰쳐나가고 있었다.

나는 3일치 갈아입을 옷과 수중에 있던 돈만 들고 나왔다.

3일 동안은 아무도 만나고 싶지 않다. 그렇게 되면 소마도, 사키도, 아빠와 엄마도, 모두 잊게 될 것이다. 그럼 진정한 외톨이가 되겠지.

이것은 치나와 사키, 그리고 소마를 죽인 것에 대한 속죄였다. 나는 더이상 누군가와 깊게 연관되어서는 안 돼. 그럼 이제 누구도 나 때문에 고민하지도, 슬퍼하지도 않게 될 것이다.

3일 후, 내 머릿속은 어떻게 되어 있을까?

모두를 잊은 3일 후 나는, 여전히 나일까?

이제 지쳤어.

거짓 미소도 거짓 기억도, 거짓으로 쌓은 모든 것이 모래성이었던 나의 세계. 이제 더는 필요 없겠지.

세상과 영원히 안녕.

나는 이 좁고 불편한 세상에서 사라져 없어질 것이다.

핸드폰이 울렸다. 아침부터 메시지가 계속 오고 있지만 읽지 않았다.

이번에는 전화인 것 같았다. 번호를 보니 소마였다.

그래, 유언 정도는 남겨둘까.

지금 나의 유언. 3일 후에 죽는 나는 말할 수 없는 유언을.

소마

"히나호!"

바닷가에도, 카페에도, 역에도 히나호는 없었고 학교에도 나타나지 않았다.

어디에 갔을까.

이렇게 찾아보고 나니 히나호가 갈 법한 장소가 떠오르지 않았다.

벌써 기차를 타고 어디론가 가버린 건 아니겠지? 진짜 경찰이라도 불러야 하나? 경찰에 신고하자는 말은 이미 나왔고, 빨리 찾지 못하면 그렇게라도 해야 할 것이다.

나는 어제 히나호와 있었던 일을 아무에게도 말하지 않았다. 아까 그 자리에서 왜 말하지 않았는지 나도 잘 모르겠다.

그러나 그건 분명 옳지 못한 행동이었다. 그런 정보라도 주는 편이 좋았을 텐데.

하지만 나는 먼저 확인하고 싶었다.

치나가 남긴 이 메모. 이게 마지막 기회고 가능성이라고 믿었다.

이제는 히나호가 있을 것 같은 곳도 더는 생각나지 않았다. 나와 히나호의 접점은 그린플래시 이외에는 딱히 없다는 게 실감 났다.

"빌어먹을……."

아침부터 히나호에게 메시지를 보냈지만 당연히 읽지도 않고 있다. 혹시 핸드폰을 집에 두고 간 걸까? 아니면, 어딘가에 버렸을 수도 있다.

전화를 걸어 보았다. 당연히 받지 않을 테지만. 전화는 이미 히나호의 부모님과 사키가 수십 번도 더 시도해 보았을 것이다. 그럼에도 실낱같은 희망을 걸어 보았다.

열 번이 넘게 연결음이 울렸을 즈음, 더이상은 안 되겠다 싶어 끊으려던 그때.

"소마…?"

"히나호? 지금 어디야?"

받았다. 받아 주었다. 절대 받지 않을 줄 알았는데 히나호는 받아 주었다.

"어디… 일까?"

히나호의 목소리가 작았다. 언제나 쾌활했던 히나호는 온데간데없었다. 아니, 사실 쾌활한 히나호의 모습이야말로 꾸며낸 모습일 것이다. 줄곧 이렇게 혼자서, 1년이 넘는 시간을 떨고 있었겠지.

"일단 집으로 와 봐 히나호, 너에게 보여 주고 싶은 게 있어. 전하고 싶은 게 있어!"

비장의 카드라고 해도 좋았다. 치나의 메모. 이것을 본다면 히나호도 다시… 다시 어떻게 될까. 거기까지는 생각해 보지 않았다. 오히려 히나호가 더 힘들어할지도 모르지만, 그래도 어떻게든 전하고 싶었다. 그러면 그린플래시에 대한 유대감으로 치나의 영혼이 히나호 안에서 불을 밝힐 것 같았기 때문이다.

"소마, 나도 전하고 싶은 말이 있어."

히나호가 풀이 죽은 목소리로 말했다. 지금 이 통화는 생명선과 마찬가지다. 나는 우선 히나호에게 양보했다.

"먼저 들을게."

"고마워. 하나는 부탁이야. 소마, 나라는 사람은 이제 잊어 줘. 좋아한다고 말해 줘서 고마웠어. 나도 소마를 정말 좋아해. 하지만 그렇기 때문에, 나와 엮이면 소마도, 사키도, 아빠도 엄마도, 모두가 힘들어져. 그러니… 모두에게 잊어 달라고 전해 줘."

작고 힘없지만 결연한 어조였다.

"그럴 수는……."

"부탁이야. 그리고… 이건 유언이야. 나를 찾지 말아 줘. 이대로 3일이 지나면 난 모두를 잊게 될 거고 그럼 비로소 내 좁은 세상과도 작별이야. 미안해, 이런 부탁을 해서. 3일 후의 나는 지금의 내가 아닐 거야. 어떻게 되어 있을까? 아는 사람들을 전부 잊어버리면, 지금의 나조차도 누구인지 모르게 될까? 내가 아는 사람들이 모두 녹아 사라지면 나도 함께 녹아 사라질 것 같은 기분이 들어. 그러니까 찾지 말아 줘. 나, 마지막으로 소마와 이야기할 수 있어서 다행이야."

이건 진짜 유언이었다.

안 돼. 이대로라면 히나호는 정말 '죽고' 만다.

마음이나 감정, 기억이 인간의 본질과 뗄 수 없는 것이라면 이것들을 모두 상실하는 건 죽음과도 같은 것이었다. 이대로 3일이 지나면 히나호는 이 세계에서 그렇게 사라져버릴 것이다.

안 돼. 그럴 순 없어!

"끊지 마, 히나호! 치나가 남긴 메모가 있어!"

"어?"

나는 순간적으로 전하고자 하는 말을 외쳤다. 히나호를 달래는 사이 그녀가 전화를 끊어버릴 것 같았기에.

"부탁이야, 들어 줘. 치나의 책가방에서 우리가 가지고 있는 그린플래시 사진의 복사본이 나왔어! 그리고 그 뒷면에 메모가 있어! 너도 이걸 읽어 봐야 해! 그러니 딱 한 번이라도 좋아, 나를 만나 줘!"

히나호는 전화를 끊지 않고 내 이야기를 들어 주었다. 아직은 희망이 있다.

"정말? 그런 게 정말 있었어? 치나가 그린플래시를 알고 있었던 거야?"

히나호의 목소리가 떨리고 있었다.

"그래, 알고 있었어. 그걸 너에게 보여 주고 싶어. 부탁이야, 어디 있는지 알려 줘. 다른 사람들한테는 말하지 않고 나만 갈게!"

이렇게라도 하지 않으면 히나호는 자기가 있는 곳을 말해 주지 않을 것이다. 지금은 나 혼자서라도 먼저 만나는 게 급선무였다.

"역까지 오는데 얼마나 걸려?"

역? 그렇다면 아직 이 근처에 있다는 뜻이다.

"20분이면 갈 수 있어."

"그럼 기다리고 있을게."

"엇, 잠깐, 히나……."

전화가 끊겼다.

역에 가면 진짜 있는 걸까? 만약 히나호가 거짓말을 한 거라면 나에게 더이상 단서는 없었다.

기도하는 마음으로 역까지 가는 길을 서둘러 나섰다.

유언이라고 했다. 히나호는 정말 모든 것을 잊을 작정 이다. 나도, 사키도, 전부 다.

그것은 자신의 인생을 부정하는 것이다. 그럴 순 없어. 나는 오기를 부려서라도 히나호의 기억 속에 남아 있을 것이다. 그리고 치나의 기억도 그곳에 새겨 줄 것이다.

물론 치나의 죽음은 히나호에게 슬픈 기억이겠지만, 앞으로 히나호가 진심으로 웃으며 살아가기 위해서는 그 것을 마주보고 시간이 베푸는 은혜를 입으며 살아야 할 것이다.

그녀가 웃으면 좋겠다. 거짓된 미소가 아니라 진실된 미소로.

역이 보이기 시작했다. 숨이 차올라 고통스러웠다.

"기차가……."

하필이면 기차가 방금 출발했다. 히나호가 저 기차를 탔을지도 모른다는 생각에 불안한 마음이 가라앉지 않았다.

나는 가슴을 움켜쥔 채 역 대합실로 뛰어 들어갔다.

"…있다."

나도 모르게 이 말이 입 밖으로 튀어나왔다.

히나호는 내 모습을 확인하자 작게 미소를 지었다. 그러나 늘 외치던 '헤이'는 없었다.

오히려 뭔가를 체념한 듯한 미소였기에 마음이 조금 아팠다.

"히나호, 이걸 봐. 뒷면에."

나는 곧바로 치나의 메모가 적힌 사진을 건넸다.

히나호는 잠시 사진을 바라보다 뒷면을 보았다.

기차가 막 지나갔기 때문에 역사에 다른 사람은 아무도 없었다. 나와 히나호만 남아 있는 대합실에는 시간만 조용히 흐를 뿐이었다.

히나호는 조용히 메모를 읽으며 아무 말도 하지 않았다. 그저 가만히 그 글귀를 바라보고 있었다.

나 역시 아무 말도 하지 않았고 할 수도 없었다. 그저 가만히, 히나호의 반응을 기다렸다.

얼마나 시간이 흘렀을까. 굉장히 길게 느껴졌다.

"그러니까……."

간신히 히나호가 입을 열었다.

"그러니까, 내가 바라던 기적이……."

그랬다.

히나호가 그린플래시에게 바라고 싶었던 기적.

그것은 여동생 치나의 완쾌였다.

그리고 나는 이 사진에 두 개의 의미가 있다는 것을 깨달았다. 히나호는 알아챘을까.

"그럼… 내가 계속 바라 왔던 그린플래시는 의미가 없었던 거네. 이제 내가 바라는 기적은 일어나지 않아. 치나는 이제 없으니까. 나는 소중한 여동생의 기대에도 부응하지 못했고… 게다가 그린플래시를 보려던 이유도 잊고 있었어……."

히나호는 눈물을 흘리기 시작했다. 뚝뚝 떨어진 눈물이 치나의 메모를 적셨다.

그랬다. 분명 이제 치나는 없었고, 히나호와 치나가 바라던 기적을 더는 그린플래시에 부탁할 수도 없었다.

그러나 히나호는 또 하나의 기적을 눈치채지 못했다.

"히나호. 잘 들어 봐. 너는 왜 그린플래시를 보고 싶어

한 거야?"

"몰라. 모르겠어… 아무리 기억을 되짚어 봐도 그 이유를 발견할 수 없었으니까. 그런데 그린플래시 사진을 봤을 때, 이걸 실제로 꼭 봐야겠다는 생각만큼은 강하게 들었어. 그렇게라도 하지 않으면 불안해서 그랬을 뿐이야."

그랬다. 바로 그 부분이었다.

특별한 동기도 없는데 계속해서 그린플래시를 보려했던 히나호의 행동은, 어쩌면 치나를 기억하고 있을 가능성이 있다는 뜻일지도 몰랐다.

"바로 그거야, 히나호. 넌 그 사진을 봤을 때 '치나와의 약속'을 떠올린 거야! 그 사진으로 히나호와 치나는 이어져 있었어!"

"뭐…?"

"넌 치나를 잊은 게 아니었어! 그린플래시야말로 너와 치나를 이어 주던 유대감인 거야!"

"뭐… 뭐라구…?"

그래. 히나호는 기억하고 있었다.

치나와의 약속, 그리고 치나의 회복을 위한, 기적을 바라는 기도를…….

그것은 이루어지지 않았을지도 모르지만, 치나는 분명

히나호 안에 남아 있었다. 그렇지 않았다면 그린플래시를 향한 히나호의 열망을 설명할 방법이 없었다.

"그래, 물론 너의 뇌는 너를 위해 안전 잠금장치를 걸었을지도 몰라. 하지만 네 안에 있는 치나에 대한 마음은 그에 맞선 거야! 그 마음은 아직 네 안에 남아 있어! 전부 잊겠다는 말은 하지 마, 그렇게 3일 동안 방황해서 우리를 전부 잊는다고 해도 네 마음 안에 고스란히 남게 될 거야! 괜찮아. 넌 반드시 떠올릴 수 있어. 내가 전부 다 되돌려 줄게. 그때까지 계속 네 곁을 지킬게."

"소마……."

나는 내가 가지고 있는 그린플래시 사진을, 눈물로 젖은 히나호의 손에 건넸다.

"네 것도 꺼내 봐."

"으, 응……."

역시나 히나호는 사진을 목에 걸고 있었다. 그린플래시에 대한 이 강한 열정과 집착은 틀림없이 히나호가 치나에게 갖고 있는 유대감 때문이다.

히나호는 똑같은 세 장의 사진을 손에 들었다. 원판 사진과 잡지에서 오린 것, 컬러 복사본. 전부 다른 것이지만, 사진에 찍힌 그린플래시는 같은 것이었다.

"…운명이네."

눈물을 닦으며 히나호가 웃었다.

"기적을 믿고 싶어졌어, 소마, 책임질 수 있어?"

"그럼… 나와 함께 그린플래시를 보자. 이제 이건 나에게도 하나의 기적이 됐어. 이 한 장의 사진이 낳은 마음과 유대감을 승화시키고 싶어."

히나호의 기억이 어떻게 될지는 모르겠지만, 꼭 이곳이 아니어도 상관없다. 우리가 진짜 그린플래시를 볼 수 있다면 뭔가 움직일 것 같은 기분이 들었다.

그렇다. 그린플래시를 본 사람에게는 기적이 찾아온다.

우리는 그 말을 믿고 여기까지 왔다.

문득, 하늘을 올려다보았다.

맑고 투명한 푸른 하늘이 우리를 환영하는 것 같았다.

"잠깐만."

나는 핸드폰으로 WINDY나 SCW 같은 일기 예보 사이트를 검색했다.

오늘은 전국적으로 쾌청하고 대기가 건조한 상태였다. 대기가 건조하다는 건 공기 중에 수증기가 적다는 뜻이며 그건 하늘의 투명도에 영향을 준다.

기상 레이더를 보니 연안에서 먼 바다까지 구름도 없

을 것 같다.

그리고 그것은 그린플래시에도 영향을 준다.

"하늘이 파랗네. 무서울 정도야."

히나호가 다시 한번 하늘을 올려다보며 말했다.

날씨는 매일매일이 다르고, 맑다 하더라도 그 모습은 여러 가지였다. 구름 한 점 없이 쾌청하더라도 희뿌연 하늘인 날도 있고, 정말 아름답게 푸른 하늘인 날도 있다. 후자는 한해에 그렇게 자주 볼 수 있는 하늘이 아니었다.

그리고 오늘 하늘은 좋은 표정을 하고 있었다.

"가자."

나는 히나호의 손을 잡았다.

"어? 어디로?"

"우리의 그린플래시를 보러!"

"뭐? 그럼… 우리가 늘 가던 해안에서……."

"아니, 히나호. 우리는 그곳에 너무 집착하고 있었어."

"…?"

"그곳에서 찍힌 그린플래시는 치나가 히나호와 이어지기 위해, 그리고 나와 히나호가 만나기 위해 있었던 거야. 물론 거기서 보는 것도 의미 있겠지만, 중요한 건 '지금'의 그린플래시를 보는 거야. 난 그렇게 생각해."

"아니, 나는……."

아직 마음 정리가 되지 않은 히나호를 끌고 나는 승강장 안으로 들어갔다.

기차가 곧 온다.

"봐야 해. 오늘밖에 없잖아. 이렇게 하늘이 푸른데… 네 안에 있는 유대감과 마음을 알게 된 날이기도 하고, 나와 너 그리고 치나의 사진이 다 갖춰진 오늘만큼은 가능성이 가장 높은 곳으로 가자. 약속했잖아. 언젠가 함께 그린플래시를 보자고. 꼭 이곳이 아니어도 상관없다고."

히나호는 아직도 어안이 벙벙한 듯했고, 히나호가 또 이상한 생각을 하기 전에 나는 히나호의 손을 잡고 승강장에 멈춰 선 기차 안으로 뛰어 들어갔다. 행선지 따위는 정하지 않았다. 동쪽으로 향하는 기차라면 아무래도 좋았다.

"어… 지금 무슨 일이 일어나고 있는 건지 잘 모르겠어."

히나호는 내 맞은편에 앉아 지금까지 보여준 적 없는 표정을 짓고 있었다.

"히나호, 지난 1년간의 속박에서 벗어나야만 해."

"속박…?"

그렇다. 속박이다. 그녀는 자기 스스로에게 저주를 건

것과 같았다.

그러나 그 저주를 풀기 위한 열쇠는 분명히 있고, 그것은 바로 치나가 남긴 메모와 세 장의 사진, 그리고 그린플래시였다.

이 세 가지가 모이면 분명 기적이 일어날 것이다.

"치나……."

히나호는 다시 한번 메모를 보며 중얼거렸다.

"나에게 여동생이 있었다는 게 기분이 이상해. 그래도 있었던 건 사실이야… 아무리 슬퍼도 그렇지 그걸 잊어버린 내 자신이 너무 싫었어."

메모를 손가락으로 쓰다듬으며 히나호는 몇 번이나 읽고 또 읽었다.

"그런데 잊지 않았던 거야. 이 사진이, 그린플래시가… 우리를 계속 이어 주고 있었던 거야. 기억이 돌아온 건 아니지만 그래도 고마워, 소마."

조금 쓸쓸한 미소였다. 하지만 그 안에 기쁨의 감정이 있다는 걸 알 수 있었다.

히나호는 조금씩 자신을 되찾고 있었고, 그렇게 확신할 수 있었다.

핸드폰이 울렸다. 메시지가 온 것 같았다.

"왜 그래? 무슨 일이야?"

"사키한테 연락이 왔어. 다들 널 찾는 중이야. 그러고 보니 난리가 났었는데 잊고 있었어."

기차에 올라타버렸지만 그럴 상황이 아니었던 것이다.

"큰일이다… 일단 돌아가자!"

우선 돌아가야 했다. 여기서 이렇게 있는 것은 좋지 않았다. 경찰이 움직이기 시작하면 상황이 더 복잡해진다.

"돌아가지 않을 거야."

"뭐?"

"돌아가지 않아. 돌아간다고 바뀌는 건 아무것도 없을 테니까. 나는 치나와의 유대감을 확신했기 때문에 지금은 더욱 돌아갈 수 없어. 그린플래시를 볼 거야."

히나호는 결심을 굳힌 어조로 말했다.

"조금 전까지만 해도 다 잊어버리자고 생각했어. 그렇게 되면 지금의 나는 사라지고 다른 내가 되겠구나 싶었지. 나와 연결된 모든 것들이 사라지면 나는 어떻게 되는 걸까 싶어서. 그런데 이젠 다 필요 없다고 느껴져."

하지만, 하고 히나호는 말을 이었다.

"하늘이 부르고 있잖아?"

차창 너머로 맑게 갠 하늘을 올려다보는 히나호. 나도

함께 그 하늘을 바라보았다.

"나는 1년 동안 하늘과 석양을 봐왔고 그건 내 안에 확실한 기억으로 남아 있어. 1년 동안 봤던 하늘 중에서 오늘이 가장 투명하고 맑아."

완전 기억. 그랬다. 히나호는 지난 1년의 하늘을 모두 기억하고 있었다. 그것은 마치 오늘이 최고의 하늘이란 걸 확신할 수 있도록 하늘이 준 선물인 것 같았다.

"난 말이야, 기적이라는 건 더 멀리 있고 특별해서 손이 닿지 않는 거라고 생각했어. 지금까지도, 그리고 옛날의 나도 분명 그랬을 거야. 그런데 말이야… 아니라는 걸 알았어."

"아니라고?"

"응."

히나호는 세 장의 사진 중 내 사진을 나에게 돌려주었다.

"기적이라는 건 그것을 좇는 사람에게 찾아오는 것 같아. 단 한 장의 사진을 시작으로 나와 소마 그리고 치나, 세 사람의 마음이 이곳에 모인 거야. 이게… 벌써 기적인 거야. 그러니까 오늘은 반드시 볼 수 있어. 가자."

굳은 결심의 말이었다. 그리고 나도 그렇게 생각했다.

"괜찮은 거지?"

"그럼. 만약 모든 걸 잊는다 해도 소마가 있어 준다면, 난 그것만큼은 기억할 수 있어. 그리고… 꼭 기억해 낼 거야. 그럴 수 있을 거라는 느낌이 들어."

히나호는 말하면서 치나의 메모를 사랑스러운 듯 쓰다듬었다.

마음이란 건 대단하다.

오늘 아침, 아마도 스스로를 비관하며 집을 나섰던 히나호가 지금은 희망에 찬 얼굴을 하고 있었다.

아주 사소한 생각의 차이로 사람은 행복해질 수도 불행해질 수도 있다. 만약 그린플래시를 보지 못하더라도, 설령 나를 잊는다 해도, 이렇게 치나의 메모를 들고 희망을 좇았다는 사실은 히나호의 기억에 남을 것이다.

그것만으로도 분명 희망이 이어질 것이다. 다만, 나는 이틀 뒤 아침까지 히나호를 모두의 품으로 돌려보내야 한다는 것을 유의해야만 했다. 그렇지 않으면 히나호는 사키와 부모님의 존재마저도 잊어버리게 될 것이다. 그것만은 피해야 한다.

하지만 오늘만은 이대로 여행을 계속할 것이다. 오늘만은 이대로 희망과 기적을 좇을 것이다. 기회는 오늘뿐이라는 것. 나와 히나호는 같은 마음이었다.

나마저 연락이 끊긴다면 다른 사람들은 더욱 혼란스러워질 테지만… 그럼에도 나는 눈앞에 있는 가능성을 잡기 위해 떠났다.

히나호

치나. 치나.

소중했을… 나의 여동생.

소마에게 받은 치나의 메모는 나의 닫혀 있던 기억에 한줄기 빛이 되어 주었다.

나는 잊지 않았던 것이다. 유대감은 아직 남아 있었다.

"저기, 소마."

"응?"

"치나는 무슨 한자를 써?"

그래, 나는 그 이름도 문자도 잊고 있었다. 내 소중한 여동생의 이름을 다시 머릿속에 새기고 싶다.

"아, 사키에게 들었어. 이렇게 써."

智茶(치나). 신을 향한 기도를 나타내는 智(치)와 수확을 나타내는 茶(나).

나와 같은 글자가 들어 있었다. 역시 동생이구나. 신이 내려 주신 선물.

너무 좋은 이름이어서 신이 먼저 데려가버린 걸까.

이젠 내가 잊지 않을게. 절대 잊지 않을게.

아니, 만약 잊는다 해도 괜찮아. 나는 너와의 약속을 기억하고 있었으니까.

차창으로 보이는 오늘의 하늘은 아마 내가 너와 헤어진 이후 본 가장 파란 하늘일 거야.

치나, 그렇게 생각하지 않니?

소마

우리는 환승역에서 특급열차로 갈아타고 동쪽으로 향했다.

해안에 인접한 곳 중에서 그린플래시를 볼 가능성이 가장 높은 곳은 '도진보'였다.

"이런 상황에서 말하긴 좀 그런데."

"응?"

"나 기차 여행은 처음이야!"

"여행이라기엔 난 아무것도 들고 온 게 없는데… 겨우 지갑뿐인데다 캠핑 장비 같은 것도 다 두고 왔어."

다행히 지갑 안에는 돈이 조금 들어 있었고 히나호도 돈을 가지고 있었기 때문에 특급열차 요금 정도는 문제가 없었다.

이것도 여행인가? 좋아하는 사람과의 여행이라면 마음이 들뜨기 마련이겠지, 보통은……

"소마, 에키벤* 먹지 않을래?"

"너무 태평한 거 아니야?"

집에서는 난리가 났을 텐데 정작 히나호는 기분 좋아 보였다.

뭐, 각오를 하고 저지른 가출이라 그렇겠지만 나는 꽤 복잡한 심경이었다.

기세 좋게 기차에 올라타긴 했지만 나중 일을 생각하면 역시 조금 귀찮아질 것 같다는 생각이 들었다.

다만 배가 고프면 전장에 나설 수 없으니 우리는 에키벤을 샀다.

"이게 바로 여행의 묘미지. 나도 에키벤 한번 먹어 보고 싶었어."

"그렇다면 다행이네. 좋은 여행이 되면 좋겠다."

"분명 좋은 여행이 될 거야. 아니, 이미 됐어."

시간도 기회도 많지 않았다.

---

* 일본 기차역에서 파는 도시락.

나는 몇 번이나 기상 사이트를 확인했다.

그런데 아까부터 계속해서 문자가 왔다. 사키에게서 온 거겠지.

"히나호, 문자 오지 않았어?"

나에게 보냈으니 히나호한테도 보냈을 것이었다.

"사키 말이지? 왔어."

"답장해 줘. 걱정하고 있겠다."

나보다는 히나호가 답장하는 편이 좋을 것 같았다. 나는 무사하다고, 흥분이 가라앉으면 돌아갈 거라고 문자라도 한 통 보내 준다면 그들도 조금은 안심할 수 있을 것이었다.

"싫어."

그러나 히나호는 단칼에 거절했다.

"히나호……."

"나 있지, 각오 단단히 하고 나왔어. 모두를 버릴 각오 말이야. 그런데 이제 와서 답장을 할 수는 없어. 나는 이 모든 걸 잊어버릴지도 모른다고."

"잠깐만. 그린플래시를 보면 돌아가는 거지?"

"그린플래시를 보면 사키에게도, 엄마, 아빠에게도 연락할게."

"그럼… 못 보면 어떻게 할 거야?"

"소마와 함께 있을 거야. 그린플래시를 보든 못 보든 난 소마와 새로운 세계를 보고 싶어."

히나호의 결심은 생각보다 단호했다. 그래도 나만은 그녀의 세계에 남아 있어도 된다는 허락을 받은 것 같아 그건 조금 기뻤다.

"알았어. 그럼 일단 지금은 볼 수 있게 해 달라고 기도하자."

"응."

히나호는 웃고 있었지만 아무래도 덧없어 보였다.

목적지에 가까워지면서 히나호에게 느껴지는 존재감이 희미해지는 것 같아 나는 조금 무서웠다.

그린플래시는 모든 것을 해결해 줄 수 있을까.

그곳에… 정말 기적이 있을까.

지금은 그저 믿을 뿐이었다.

사키

히나호도 마쓰자키 씨도 연락이 되지 않는다.

아니, 히나호는 그렇다 치고 마쓰자키 씨는 뭐 하는 거지? 아까부터 메시지를 몇 통이나 보냈는데… 히나호는 아니어도 마쓰자키 씨는 분명히 읽었을 것이다. 그런데도 대답이 없었다. 이상했다.

"히나호를 찾은 거야."

나는 그렇게 추측했다. 심지어 연락을 끊었다는 것은 히나호와 뭔가 타협을 봤다는 것이었다.

어쩌지.

그가 히나호와 함께 있는 거라면 3일 안에는 돌아올 거라고 믿고 싶다.

하지만 이대로 계속 연락이 안 된다면 아마 오늘 저녁에는 경찰에 신고할 수밖에 없을 것이다.

적어도 어디서 뭘 하고 있는지라도 알면 좋을 텐데…….

✉마쓰자키 씨, 읽었으면 씹지 말고 답장해 주세요! 히나호랑 같이 있는 거죠?

몇 번이나 메시지를 보냈다. 점점 어조가 나빠졌지만 이제는 그런 걸 신경 쓸 때가 아니었다.

물론 전화도 했지만 역시 받지 않았다.

무슨 꿍꿍이인 거야, 이 사람!

경찰의 도움을 받으면 핸드폰 전파를 통해 어느 정도 위치는 파악할 수 있겠지만, 이런 시골에서 경찰을 부르면 금방 소문이 난다. 그것도 훨씬 더 과장되고 왜곡된 소문으로.

어쩌면 히나호의 비밀도 이상하게 퍼질지 모른다. 지금 학교에 떠도는 소문은 별것도 아닌 이야기가 될 것이다.

하지만 마쓰자키 씨가 히나호와 함께 있는 건지 확인도 안 됐는데 언제까지 기다릴 수만도 없었다.

히나호… 너는 어떻게 하고 싶은 거야? 왜 사라진 거니? 나와 함께한 1년으로는 네가 이곳에 머무르기에 부족했던 거니?

그런 게 아니라고 믿고 싶지만 한 가지 명확하게 알게 된 것이 있었다. 널 구할 수 있는 건 내가 아니었다는 것. 그러니 마쓰자키 씨와 있는 것이겠지?

그렇다면, 그 사람이 널 구해 줬으면 좋겠어. 난 너의 히어로가 되지 못해도 괜찮으니.

그러니까 빨리 연락해 줘.

소마

"다 왔다!"

히나호는 역을 나서자마자 계속 구부리고 있던 몸을 폈다.

시간은 15시 조금 전. 해는 아직 높게 떠 있었지만 그래도 서쪽으로 기울기 시작했다.

태양이 남중하는 한낮에는 하늘이 조금 하얗게 보여 살짝 불안했지만, 조금씩 기울기 시작한 지금은 동쪽 하늘이 투명한 파란색을 띠고 있었다.

"기대해도 되겠어. 아직까지는 제일 파란 색이야."

그렇게 말하며 하늘을 바라보는 히나호의 표정이 지금까지와는 달랐다.

확신과 외로움이 뒤얽힌 듯한 표정이어서 보고있기 힘들었다. 내가 히나호의 여러 문제들을 알고 있기에 그렇게 보이는 건지도 모르겠지만.

막상 목적지에 도착하자 내일이 오는 것에 대한 불안감이 들기 시작했다. 이대로 히나호가 사라져버리는 것은 아닐까 하는 마음에서였다.

"어디 가?"

"도진보로 가 보자. 그리고 잠시만, 사키한테 연락 한 번 할게."

"그래. 그건 소마가 해야 할 것 같아. 나는 이제 사키와 만날 수 없어."

"왜…?"

"글쎄… 그냥 그런 생각이 들 뿐이야."

점점 분위기가 달라지는 듯했다. 어쩐지 히나호는 알 수 없는 운명을 받아들인 비극의 히로인처럼 보였다. 그러나 우리는 기적을 확인하고 앞으로의 행복을 얻기 위해 이곳에 온 것이다.

머리를 저어 그런 불안감을 털어버렸다.

✉ 히나호와 있어. 장소는 말할 수 없지만 너무 걱정하지 마.

그제야 사키에게 간단한 답장을 보냈고, 사키는 곧바로 읽었다. 그리고…….

✉ 늦었어요, 마쓰자키 씨. 미안해요. 이제 제가 해 줄 수 있는 건 없어요.

"어?"

사키의 답장을 받고 나는 사태가 어떻게 돌아가고 있는지 순식간에 이해했다.

"하긴… 당연한 거지."

"왜 그래, 소마?"

"아니, 아무것도 아니야. 가자. 아! 히나호. 우리 핸드폰 꺼 둘까? 오늘은 충전도 못 하니까."

히나호는 "아, 그러네."라며 순순히 전원을 껐다. 나도 전원을 껐다. 시간을 많이 벌지는 못하겠지만 이것으로 우리의 행방은 이 역 앞에서 끊어졌다.

여기서부터는 우리 두 사람의 세계다. 그린플래시를 볼 수 있든 없든, 다음 세계로 가는 문을 손에 꼭 넣고 싶다.

"소마, 우리 도진보까지 걸어갈래?"

"3킬로미터는 족히 가야 할 것 같은데 괜찮겠어?"

"시골 사람은 다리가 튼튼하니까."

히나호는 그렇게 말하며 익살을 부렸다.

"소마, 난 대체 누구일까."

"누구냐니. 미사키 히나호지."

"그렇긴 한데……."

걸으면서 히나호와 많은 대화를 나눴다. 어젯밤에도 만 났지만 조용히 둘이서 이야기하는 건 오랜만인 것 같았다.

우리는 천천히 한 시간 정도 걸어 도진보에 이르렀다.

"와……."

"굉장한데……."

서쪽 방향으로 툭 튀어나온 도진보는 석양을 보기에 최적의 장소였고, 눈앞에는 드넓은 바다만이 존재했다. 이 광경은 매일같이 버티고 앉아 있었던 그 바닷가의 좁 은 하늘과는 비교할 수 없는 것이었다.

주상절리라고 불리는 도진보의 경관은 거칠고 웅장했다. 그러는 한편 자살의 명소로 꼽히는 것도 납득이 갔다.

여기까지 오는 동안 10엔짜리 동전이 잔뜩 놓여 있는 '생명의 전화'로 불리는 전화박스나, 자살을 만류하는 간판들을 몇몇 보았다. 이상하다고 할 수도 있는 광경이었다.

한편 도진보는 유명한 관광지이기도 해서 평일인데도 사람들이 꽤 있었고 기념품 거리도 있었다.

생기 넘치는 생명력과 그것을 끝내버릴 것 같은 공기, 대립하는 두 분위기가 공존하는 아이러니한 공간이었다.

"나 있지, 정말로 3일 동안 사라져서 모두를 잊어버리고 내 마음마저 죽이려고 했거든. 그런데 이제는 자살의 명소에서 그린플래시를 보려고 하고 있어. 살기 위해서."

히나호는 절벽 위 전망대에서 눈앞에 펼쳐진 수평선을 바라보았다.

"자살을 만류하는 간판들이 많이 있더라. 다들 이곳에 여러 고민들을 가지고 오나 봐. 결국 죽음을 택한 사람들도 있겠지."

"그런 것 같아. 그러니 이곳에는 많은 영혼들이 있을지도 몰라."

도진보에는 '오이케'라고 불리는, 절벽으로 둘러싸인

후미진 구역이 있는데 그곳은 꼭 뛰어들기 안성맞춤인 장소처럼 보였다. 네모나게 잘려 나간 그 바다는 마치 푸른 물을 머금은 저승의 문 같았다.

"난 지금 이 경치를 잊지 않을 거야. 계속 기억할 수 있을 거야. 구석구석 선명하게……."

이제 태양은 제법 서쪽으로 기울고 있었다.

구름 한 점 없는, 선명한 파란색을 띈 하늘과 바다의 짙은 감색이 세계의 경계선을 나타내는 것처럼 보였다.

"소마, 아직 시간이 있으니까 다른 장소를 찾아보자."

히나호가 이런 말을 꺼냈다.

여기까지 왔으니 어디서 보더라도 조건은 크게 다르지 않을 것 같은데…….

"왜? 여기는 안 돼?"

"안 되는 건 아닌데… 사람이 너무 많아서. 좀 더 조용한 곳에서 소마랑 단둘이 보고 싶어."

"그렇게 말하면 찾는 수밖에 없지."

하긴, 너무 사람이 많으면 그린플래시를 보는 데 집중이 되지 않는다. 평일이지만 석양을 보기 위해 온 관광객이 적지 않았다.

우리는 도진보에서 조금 벗어나 서쪽 하늘이 트여 있

는 좋은 장소를 찾기 시작했다. 서쪽은 기본적으로 바다를 향하고 있기 때문에 어디서나 석양은 볼 수 있을 것 같았다.

머지않아 지대가 약간 높은 길 옆으로 전망이 가능한 작은 공간을 발견했다.

"여기 좋은데."

히나호도 마음에 든 것 같았다. 작은 벤치가 있어 그곳에 앉아 석양을 기다렸다.

"고마워, 소마. 이런 곳까지 같이 와 줘서."

"히나호와 함께 있으면 마음이 편해. 소중한 시간을 함께 보낼 수 있다면 이런 건 별거 아니야."

"후후, 사키가 화났을 것 같아."

"화났지… 아까 연락했을 때 혼났어."

"그렇구나. 다음에 사키를 만나면 무서울지도."

"조금 그렇지."

그러나 히나호의 진짜 미소를 볼 수 있다면 나는 어떤 책망을 받더라도 상관없었다.

다만, 여기까지 와서 또 한 가지 마음에 걸리는 수수께끼가 싹트고 있었다.

치나가 남긴 메모에 적혀 있던 문장. '옛날에 봤던 엄

청난 태양에게 부탁해 준다고 했다.'

차분히 읽어 보면 여기에는 결정적인 정보가 담겨 있었다.

'옛날에 봤던'이라는 건, 히나호가… 예전에 그린플래시를 봤었다는 이야기 아닐까?

'그린플래시'라는 단어를 쓰지 않은 건, 아마도 그 당시 히나호가 그 엄청난 태양이 그린플래시라는 것을 몰랐기 때문은 아닐까.

그럼 그녀는 언제, 어디서, 그린플래시를 본 걸까.

그녀가 잃어버린 기억 어딘가에 있는 걸까.

중학생인 히나호가 말했던 '옛날'이란 어느 정도의 과거를 말하는 것일까.

나 역시 고작 20년 남짓한 역사밖에 가지고 있지 않다. 내 안에 있는 '옛날 기억' 중에 선명한 것은 얼마나 될까. 다시 한번 돌이켜 생각해 봤지만, 몇 달 전 기억도 확실치 않았다.

하지만 치나에게 그런 말을 한 걸 보면 히나호는 분명히 그랜플래시를 본 적이 있을 것이다.

그런 히나호가 그린플래시를 보면 어떻게 될까?

"노을이 별로 붉지 않네."

이런 생각을 하는 동안 해가 기울었다.

"내가 본 것 중 가장 색이 연해."

우리의 그린플래시는 이 바다 저편에 나타날 것인가.

지금은 그저 기도하는 수밖에 없었다.

히나호

너무 좋은 하늘이야, 치나.

오늘은 분명 치나를 기억해 낼 수 있을 거라, 나는 확신하고 있다.

태양이 기울기 시작했다. 오늘 노을은 지금까지 봤던 노을들보다는 옅은색이었다.

소마가 말하길 노을의 붉은 색이 옅을수록 그린플래시를 볼 가능성이 높다고 했다. 그렇다면 오늘은 보일 것이다. 오늘의 노을은 지금까지 본 것 중에 제일 붉은색이 옅으니까.

그리고 머리 위쪽부터 동쪽 하늘까지는 무서울 정도로 새파랬다. 마음 깊은 곳에서부터 아름답다는 생각이 솟구치는 파랑이었다.

이 하늘 아래서 소마와 함께 그린플래시를 기다릴 수 있다는 것. 분명 그것만으로도 기적이고 행복이었다.

하지만… 나는 그다음으로 가야만 해.

치나… 너와 다시 한번 만나야 해.

그러면 분명… 내가 새로운 세계로 갈 수 있을 것 같은 느낌이 들었다.

"거의 다 왔어, 소마."

"그래. 구름도 없고 수평선까지 투명하네. 느낌이 좋은데?"

"두근거리기 시작했어. 저기… 손 잡아도 돼?"

"응? 어, 어… 자."

소마는 바지에 손을 닦고 조금 쑥스러운 듯이 손을 내밀었다.

소마의 손을 잡자 조금 안심이 됐다.

나는 지난 1년이 조금 넘는 시간 동안 사람들과 관계 맺는 것을 두려워하며 피해 왔다.

사키가 적극적으로 다가와 주었기에 사키에 대한 기억은 계속 이어질 수 있었는데, 지금에 와서 보니 나는 사키도 한 번 죽였던 것이다. 그럼에도 계속 내 옆에 있어준 사키가 너무나 고마웠다.

그리고 소마.

만난 지 얼마 안 됐을 때 그를 죽이고 말았다.

소마야말로 나를 바로 떠날 수도 있었을 텐데. 하지만 그린플래시가 우리를 연결시켜 주었다. 그리고 치나와도 연결되어 있었다.

나는 생각했다.

기적이라는 건 우리 곁에 무수히 존재하는 거라고. 그럼에도 불구하고 기적 운운하며 좇는 것은 무엇이 기적인지 깨닫지 못한 것이며, 깨달았더라도 믿지 않는 것이었다. 그러니 지금껏 기적을 달라며 매달렸던 건 주변에 존재하는 기적을 외면한 채 생떼를 부린 것과 같았다.

나는 이미 깨달았다. 그리고 믿고 있다. 기적을.

아니지. 이건 이제 필연이다.

소마와 나, 치나의 그린플래시가 모두 갖춰진 것이다. 그러니까 지금 이곳에서 나와 소마가 그린플래시를 보는 것은 필연이다.

태양이 천천히 수평선에 가까워졌다.

거대하고 둥근 태양은 평소보다 훨씬 존재감 있었다.

카메라 가져오는 걸 깜빡했지만 괜찮겠지. 내 눈과 머릿속에 제대로 남길 것이다.

태양이 수평선에 닿았다. 이제 그 순간이 올 것이다.

자… 히나호, 제대로 새기는 거야. 이제 두 번 다시 볼 수 없을지도 모르는 이 순간을.

소마

히나호의 손이 내 손을 꼭 잡았다.

태양이 수평선에 이르렀다.

하늘은 아름다운 노을로 물들었지만 아주 붉지는 않았다.

하늘은 여전히 푸르고 수평선 부근만 붉은빛으로 물들고 있었다. 수평선 주변은 대기로 인해 붉은빛이 우세하지만, 상공은 대기의 투명도가 높게 유지되고 있기 때문이었다.

낮 동안 기온이 높았던 것을 생각하면 지금은 충분히 서늘해졌기에 온도층에 의한 프리즘도 잘 형성되어 있을 것 같았다. 그린플래시는 연구 자료가 거의 없기 때문에 발생 조건이 모호하지만 직감적으로 좋은 하늘이라고 느꼈다.

더구나 이곳은 그린플래시가 비교적 잘 보이기로 유명하기도 했다.

'제발… 제발… 나타나 줘!'

마음속으로 그렇게 염원할 수밖에 없었다.

태양의 삼분의 일 정도가 이미 수평선 아래로 가라앉고 있었다.

그 정도면 태양의 움직임을 확실히 볼 수 있었다. 마치 속도를 올린 것처럼 쭉쭉 빨려 들어갔다.

"빛나라! 빛나라!"

히나호가 갑자기 응원을 보내기 시작했다. 그때 그 바닷가에서 둘이 함께 외치던 응원을. 깜짝 놀라 그녀를 보는 나에게 히나호는 미소를 지어 보였다.

나는 고개를 끄덕인 뒤에 그녀를 따라 응원했다.

"빛나라! 빛나라!"

아무도 없는 작은 곳에 우리 둘의 목소리가 메아리쳤다.

약 5,000일 후, 이 응원은 태양에 닿을 것인가.

햇수로 따지면 14년이 채 안 되는 시간. 그때 우리는 어디서 무엇을 하고 있을까?

그런 생각을 하면서 우리는 외쳤다. 쉬지 않고 외쳤다.

이 응원은 우리의 마음이었다.

나의 아버지가 찍은 사진에서 계승된, 나와 히나호 그리고 치나의 마음.

태양이 곧 저물 텐데도 마치 영원히 떠 있을 것처럼 느껴졌다.

우리는 영혼의 밑바닥에서부터 녹색의 광선을 바랐다.

태양은 이제 20퍼센트만 남았을 정도로 삽시간에 작아졌다. 이제 우리는 목소리도 잘 나오지 않게 되었다. 홀린 듯이 태양을 바라보며 서로의 손을 꽉 움켜쥐었다.

"아… 사라진다… 사라지고 있어……."

우리는 마지막 힘을 다해 외쳤다.

"빛나라, 그린플래시!"

빛이 시간을 채우고 시간은 빛 속으로 녹아들었다.

우리는 지금 어디에 있는 걸까.

빛으로 둘러싸인 풍경 너머로 어딘가 그리운 해질녘의 경치가 보였다.

내가 아는 곳이다.

나와 히나호가 그린플래시를 기다리던 그 바닷가였다.

그런데 이건 누구 시점인 걸까. 꽤나 낮은 시점이었다. 시간은 때마침 해질녘. 바다 쪽을 보니 커다란 석양이 저물어 가는 중이었다.

"잘 보고 있으렴. 오늘은 빛날 거다."

그리운 목소리가 들렸다. 누구지…?

나는 목소리가 들리는 방향을 보았다. 어쩐지 올려다

보는 형태로.

아버지였다.

내 시선 끝에 아버지가 있었다. 큰 렌즈와 카메라를 설치해 두고 태양을 지켜보고 있었다.

나는 이 광경을 안다. 아니, 알고 있었다. 지금까지 기억 저편에 묻혀 있던 이 광경… 지금은 어떻게 이걸 보고 있는 걸까.

하늘은 파랗고 수평선은 붉었다.

"어?"

갑자기 누군가 내 손을 잡았다.

뒤돌아보니 그곳에 작은 여자아이가 있었다.

"뭐를, 보는, 거야?"

더듬거리는 말로 여자아이가 물었다.

"어머, 죄송합니다." 하고 어머니로 보이는 사람의 목소리가 이어졌다.

"어이, 소마. 한눈팔면 안 되지. 자, 꼬마 아가씨도 잘 봐 두렴. 이제 기적이 보일 거다."

그렇게 말하면서 아버지는 태양 쪽을 가리켰다.

나는 태양이 저무는 속도에 놀라면서도 그 순간을 눈에 잘 담아 두었다.

반쯤 가라앉은 태양, 그 가장자리가 선명한 녹색으로 빛나는 모습을.

그렇구나. 난 이 광경을 봤었다. 잊고 있었을 뿐이다.

그린플래시가 잠들어 있던 내 기억들을 흔들어 깨웠던 것이다. 아버지와의 추억과, 작은 여자아이와의 만남을…….

히나호

꼭 시간이 멈춘 것 같았다.

나는 누군가의 손을 잡고 있었다.

남자아이다. 어디선가 본 듯한.

그 아이는 자기 아버지와 함께 태양을 보고 있었다.

"뭐를, 보는, 거야?"

나는 바닷가에 놓인 크고 낯선 카메라에 빨려 들어가듯 다가가 그 아이에게 물어보았다.

기적이 보일 거라며 그 아이의 아버지가 가리킨 손끝에서, 나는 기적을 보았다.

그 기적은 초록빛으로 둘러싸여 있었고 나의 모든 것을 감쌌다.

"잘 됐구나, 이제 너희들에게 행복한 일이 생길 거다."

그 아이의 아버지는 이렇게 말하며 나와 남자아이의 머리를 쓰다듬어 주었다.

엄마는 왜인지 계속해서 미안하다고 말했지만 나와 그 아이는 계속 손을 잡은 채 그 기적이 가라앉는 모습을 보고 있었다.

꿈일까, 환상일까. 아니면…….

아…! 이제는 확실하게 떠올릴 수 있어. 치나!

난 너에게 이걸 보여 주고 싶었고, 기적이 일어나길 바랐어.

미안해. 비록 그 바람은 이루어지지 않았지만 그래도 지금, 비로소 너와 제대로 만날 수 있게 됐어.

치나, 생명이란 참 불가사의하지. 기억도 마찬가지야. 태양도 지구도 그린플래시도 모두 불가사의해. 그러니 나와 치나 넌 반드시 언젠가, 이 불가사의한 힘에 의해 다시 만날 수 있을 거야. 그런 생각이 들어.

그러니까 당분간은 내 추억 속에 살아 있어 줘. 이제 너를 죽이는 일은 절대 없을 테니까.

그리고 사키. 전부 생각났어. 고마워.

사키 너의 도움이 없었다면 난 아마 여기에 없었을 거야.

돌아가면 정말정말 고맙다고 말할게.

그리고 소마. 나 돌아왔어.

소마와 처음 만났던 날의 일도, 잊어버렸던 그날의 일도, 지금은 모두 연결되어 있어.

그래, 소마와 나는 계속 연결되어 있었다는 걸, 이제 알게 됐어…….

그린플래시는 행복의 기적임을, 나는 지금 그걸 느끼고 있었다.

"어서 와, 히나호."

어디선가 목소리가 들려왔다.

"다녀왔습니다."

내가 대답했다.

"내 역할은 이것으로 끝이네."

낯익은 목소리가 그렇게 말하고 있었다.

나는 "고마워" 하고 내 안의 나에게 답해 주었다.

소마

"빛나라! 그린플래시!"

우리는 혼신의 힘을 다해 외쳤다.

태양은 점점 작아졌다.

그 형태가 무너져 내리며 부정형不定形의 빛 덩어리가

되어 수평선 아래로 사라져 갔다.

찰나의 순간이었지만 틀림없이 초록색으로 빛났다. 녹색 섬광이 보인 순간 정신이 번쩍 들었다.

그랬다, 그때… 그때 난 분명 그린플래시를 본 것이다. 그리고 옆에는 지금처럼 이렇게 손을 잡고 있던 여자아이가 있었다!

왜 잊고 있었을까? 아, 하지만 이런 게 기억이라는 것인지도 모르겠다.

우리는 날마다 잊어 가지만 그 하루하루는 사라지지 않고 내 안에 쌓여 지금의 우리가 되는 것이다. 그러나 이제 나는 잊지 않을 것이다. 그날 처음 만났던 조그만 히나호를, 처음 함께 석양을 바라봤던 히나호를… 오늘 만난 진짜 히나호를.

우리는 단 1초도 안 되는, 방금 일어난 이 순간이 지나간 뒤에도 멍하니 수평선을 바라보고 있었다.

태양이 완전히 저물고 얼마나 시간이 흘렀을까. 아마 그리 길지는 않은 시간이었을 것이다. 하지만 나는 아주 긴 여행을 마친 것 같은 기분이 들었다.

"빛났… 어…….."

"응, 빛났어… 그린플래시가 빛났어!"

우리는 드디어 서로의 얼굴을 바라보았다.

히나호는 눈물에 젖어 있었지만 얼굴은 웃고 있었다.

지금까지 봐 왔던 거짓 미소가 아니었다.

그것은 "다녀왔습니다" 라고 말하는 듯한 미소였다.

"치나를 만난 거구나."

히나호는 고개를 끄덕였다. 다른 말은 필요하지 않았다. 그것만으로 충분했다.

"모두를 만날 수 있었어. 소마도 다시 만났고……."

"아, 나도 너를 다시 만날 수 있었어."

그랬다. 우리는 쭉 연결되어 있었던 것이다.

어렸을 때 봤던 그 광경이 그곳에서 우리를 다시 만나게 해 주었고, 또 이곳에서 이 기적을 보게끔 이끌어 주었다.

아버지의 마음이 나와 히나호에게로, 그리고 히나호의 마음이 치나에게로.

슬픈 일도 있었지만 그 마음이 히나호를 다시 이렇게 원래의 모습으로 되돌려 준 것이다.

모든 것은 우리 두 사람이 간직하고 있던 기억의 바다와 섬광 저편에서 이어져 있었다.

그 기억은 줄곧 녹색의 부드러운 빛으로 감싸여 있어 일상의 틈으로는 보이지 않았을 뿐이었다.

그린플래시는 우리를 이어 주었고, 우리는 잠깐이나마 서로의 마음을 엿볼 수 있었다.

쥘 베른, 그가 쓴 책은 어쩌면 그의 경험에서 나온 이야기일지도 모르겠다는 생각이 들 정도로 우리는 서로를 이해할 수 있었다.

"나 이제 더이상 소마를 잊지 않겠지? 이제 난… 새로운 나로 거듭났을까?"

히나호가 살며시 내 쪽으로 팔을 뻗어 왔다.

나도 팔을 뻗어 히나호의 어깨를 부드럽게 감싸 안았다.

"그럼, 우리의 기억은 초록빛에 감싸여 영원히 빛날 거야. 무슨 일이 있어도."

히나호의 온기가 느껴졌다.

머리에서 향기가 났다.

그린플래시를 본 이 자리에서, 우리는 서로의 유대감을 확인했다. 이 유대감은 이제 절대 사라지지 않으리라 믿으며.

"있지, 나 아직 제대로 답하지 않은 것 같아."

"뭘?"

헤헤, 하고 수줍어하면서도 히나호는 나를 똑바로 바라보았다.

"소마, 나도 소마를 정말 좋아해… 내 행복을 찾았어."

히나호는 쑥스러운 듯 내 가슴에 얼굴을 묻었다.

우리는 행복한 기적의 순간을 함께했다.

그러나 그 다음이 문제였다.

역으로 돌아오니 역시나 경찰이 기다리고 있었고 우리는 바로 인계되었다. 나는 지역 관할 경찰서에서 혼이 났지만 사키와 나오타카 씨의 도움으로 하루만에 무사히 나올 수 있었다. 히나호는 조사를 받고 나보다 먼저 집으로 돌아갔다고 들었다.

나는 하마터면 범죄자가 될 뻔했지만, 어찌 되었든 모두 잘 해결되었다. 히나호는 기억을 되찾았고 이제 앞으로는 잃지 않을 거라 생각하고 싶다.

그러나 곤란하게도 현재로서는 그것을 검증할 방법이 없었는데, 3일 동안 만나지 않는 실험을 할 용기는 없었기 때문이다. 그건 앞으로 일상생활 속에서 차차 알게 될 것이다.

사키에게도 상당히 혼이 났지만 어쨌든 상황을 잘 설명했고, 모든 걸 알게 된 사키는 눈물을 흘렸다. 사키도 이제는 더이상 힘들어하지 않아도 될 것이다. 사키에게는 히나호의 경과를 살펴봐 달라고 잘 부탁해 두었다.

경찰서에서 풀려나자마자 히나호에게 연락해 모든 게 다 잘 해결된 것을 함께 기뻐하고 싶다고 생각하던 참에 사키로부터 전화가 걸려왔다.

"그런… 말도 안 되는…….”

나는 서둘러 진료소로 향했다.

"기억을 잊다니… 그게 무슨 소리야!"

나는 도착하자마자 나도 모르게 사키를 향해 소리를 질렀다.

어제 우리는 분명 그린플래시를 보았고, 히나호는 치나를 포함해 모든 것을 다 기억해 냈다.

그게 아니었던 걸까.

"진정해요. 히나호의 기억은 틀림없이 돌아왔어요. 히나호는 중학교 때의 저도 잘 알고 있고 치나도 기억하고 있어요. 그런데…….”

그랬다. 히나호는 돌아왔다.

그런데 어제까지의 히나호가 사라져버린 것이다.

나와 함께 그린플래시를 보며 그 기적 속에서 우리는 같은 기억을 공유했는데…….

오래전, 같은 곳에서 같은 그린플래시를 봤던 기억을 공유했던 히나호.

나와 바닷가에서 만난 히나호.

그런데, 그 히나호는 이제 없다는 말이었다.

"기억에 문제가 있던 기간 동안 새로 저장된 기억들은 원래 기억을 되찾았을 때 사라지는 경우가 있는데 히나호의 증상이 바로 그런 것 같구나."

"하지만, 하지만… 어제 함께했던 그 두 시간 동안은 모두 제대로 기억하고 있었는데… 새로운 히나호로 거듭났다고 그랬는데…!"

그때의 히나호는 모든 것을 다 기억하고 있었다고… 나는 확신할 수 있었다.

"뇌는 수면을 통해 기억을 정리하는 기능이 있단다. 이것도 추측이지만, 하룻밤이 지나면서 히나호의 기억이 본래의 것만 남아버린 것이 아닐까……."

"그럼 지난 1년간 히나호의 기억은요? 그 히나호는 어디에 있는거죠…!"

"히나호 안에 분명히 있을 게다. 하지만 여기서 더 들어가서 치료할 수는 없어. 히나호의 상태는 지금이 최선이란다."

"그럴 수는 없어… 그럴 수는……."

나는 힘없이 무너져 내렸다.

지금의 히나호는 사키나 나오타카 씨, 그 밖의 오랜 지인들이 알고 있는 히나호일 것이다.

1년 정도의 기억은 사라졌지만 앞으로 히나호 인생에 큰 문제는 없을 것이다.

하지만 나와 함께했던 그 히나호는?

나를 좋아한다고 말해 주었던 그 히나호는?

그 히나호는 어디에도 남아 있지 않게 되었다…….

이건… 내가 그녀에게 살해당한 걸까?

아니, 그렇지 않다.

내가 그녀를 지워버린 것이다. 그린플래시를 본 것으로.

"돌이킬 수 없는 짓을 해버렸어……."

나는 주저앉아 아이처럼 엉엉 울었다.

그 모습을 본 사키도 함께 울었다.

히나호는 이제 행복해졌을까?

뭐가 정답이었을까. 이제는 나도 알 수 없었다. 다만 이제 나는 더이상 이곳에 있을 수 없었다.

나는 빠르게 짐을 정리하고 히나호와 있었던 그 역에서 마지막으로 그녀의 모습을 기다렸다. 사키가 슬쩍 데려와 주겠다고 말해 주었다.

붐비는 사람들 속에서 히나호의 모습이 보였다. 그 모

습은 어느 것 하나 달라진 게 없었다. 다만 히나호 주위로 사키와 또 다른 친구들의 모습이 보였다. 친구들과 즐겁게 이야기를 나누는 히나호의 모습을 보고 이해할 수 있었다. 이걸로 모든 게 잘 된 일이라는 걸.

역 개찰구로 들어가는 히나호와 스쳐 지나갔다.

나는 그녀를 알고 있지만,

그녀는 나를 몰랐다.

그랬기에 나를 보는 일도 없었다.

"정말 잊었구나……."

스쳐 지나갈 때 설핏 풍긴 샴푸 향기.

그날 히나호를 감싸 안았을 때 풍겼던 그녀의 머리 향기만이 코끝에 남았다.

에필로그

몇 번이나 이곳에 섰을까.

나는 그리운 그 바닷가로 돌아왔다.

그 일로부터 1년. 나는 나의 길을 찾았고 대학 입시에
도 성공했다. 앞으로 어떻게 될지는 모르겠다. 인생이란
게 다 그런 것이겠지만.

1년 전. 내가 이곳에서 겪은 일들은 지금도 여전히 마
음속 깊이 박혀 있었다.

오늘의 파란 하늘은 그날의 푸르름을 생각나게 했다.

가끔 사키는 내게 메시지를 보내 히나호의 근황을 알
려 주었다.

✉️ 히나호는 아직도 매일 바닷가에 앉아 있어요.

기억이란 무엇일까?

나와 그린플래시를 보았던 그 순간을 경험한 히나호는 분명 지금의 히나호 안에 있을 것이다. 그저 잠시 마음 깊숙한 곳에 잠들어 있을 뿐. 내가 아버지와 본 그린플래시를 잊었던 것처럼.

그리고 그것은 어떤 열쇠로 열린다는 것을 나는 알고 있었다.

히나호는 지금도 그 열쇠를 찾고 있을 것이다. 그날 우리의 마음이 지금의 히나호에게 이어지고 있기 때문이라고 믿고 싶다.

나는 개인적으로 그린플래시를 연구하기 시작했다. 발생 일과 발생 장소, 발생 조건 등 그 밖의 여러 가지 항목을 조사하며 발생 확률을 계산할 수 있는지, 지난 1년간 시행착오를 겪어 왔다.

아직 신통치는 않지만 그래도 아무것도 없었을 때보다는 데이터가 꽤 쌓였다. 예보라고 부르기엔 아직 부족하지만 어느 정도는 예측할 수 있게 되었다.

그랬기에 나는 오늘, 이곳에 왔다.

그날과 같은 제방 길 위에서 바닷가를 바라보았다.

검은 그림자가 우두커니 자리 잡고 있었다.

눈물이 날 정도로 그립던, 줄곧 찾고 있던 사람이 그 풍경 속에 있었다.

나는 조급해지는 마음을 가라앉히며 그곳으로 향했다.

히나호가, 그날과 변함없는 모습의 히나호가 있었다. 그녀는 카메라를 설치해 놓고 캠핑 의자에 앉아 책을 읽으며 해가 지기를 기다리고 있었다.

"좋은 의자네."

"헉!"

히나호는 그날과 똑같은 모습으로 놀랐다. 모든 것이 그리웠다.

"나도 쓰고 있어, 이것 봐."

"아, 정말이네. 같은 의자… 어라?"

거기까지 말하고 나서 히나호가 의아한 표정을 지었다.

"어쩐지… 그리운 기분이 들어."

나는 그렇게 말하며 미소를 지었다. 역시 나에 대한 것은 완전히 잊어버린 것 같았다.

하지만 그래도 괜찮아.

나는 오늘 이곳에서 나타날 그린플래시를 보기 위해 왔다. 그녀와 함께 보기 위해서.

다시 한번, 그녀와 만나기 위해서.

그것이 가능할지 어떨지는 나도 잘 모르겠다.

기적은 그것을 바라고 추구하는 자에게 오는 필연인 것이다.

"자, 오늘은 빛날 거야."

"어? 어떻게……."

"한눈팔면 안 돼. 저길 봐, 히나호."

"어…?"

갑자기 이름이 불려 놀라면서도 히나호는 내가 가리키는 쪽을 바라보았다.

석양이 저물어 간다. 삼분의 일, 그리고 절반.

태양 주위의 윤곽이 일그러지며 흔들렸다.

반쯤 가라앉았을 때 그 주변으로 녹색 섬광이 나타났다.

"그 사진이랑 똑같아! 빛나고 있어… 녹색으로!"

히나호가 중얼거렸다. 사진 찍는 것도 잊은 채 넋을 잃고 바라보았다. 생각이 나서 뒤늦게 황급히 찍으려 했지만 이미 늦었다 판단했는지 도중에 손을 멈추고 그 섬광을 배웅하고 있었다.

"그래, 똑같아."

기적은 일어난다. 몇 번이고.

내가 아는 히나호와 봤던, 그 그린플래시보다 더 선명한 초록빛이 우리의 기억을 감쌌다.

순간 그녀의 마음속이 보인 것 같았다.

그날 서로의 마음을 확인하고 좋아한다 말해 주었던 히나호. 그녀는 틀림없이 여기에 있다고, 나는 그렇게 확신했다.

쥘 베른이 쓴 그린플래시의 기적은 정말 존재할지도 모른다.

히나호는 잠시 동안 꼼짝 않고 서 있었다.

"아… 아아……."

그러고는 얼굴을 감싸고 작게 흐느꼈다.

우리의 마음이 통한 것이다. 이 녹색 섬광의 저편에서, 다시.

히나호는 고개를 들어 눈물을 닦고 나를 바라보았다.

"다녀왔습니다, 소… 마……."

눈물에 젖은 목소리로, 잘 나오지 않는 목소리로, 히나호가 내 이름을 불렀다.

나는 그저 고개를 끄덕이고 두 팔을 벌렸다.

"어서 와, 히나호."

힘차게 뛰어드는 히나호를 끌어안으며 우리는 모래사

장 위로 쓰러졌다.

내 셔츠 주머니에서 떨어진 핸드폰 뒤에는 1년 전 행복했던, 미소 짓는 우리의 사진이 있었다.

3일 후 죽는 너에게
© 유호 니무

초판 인쇄 | 2023년 7월 10일
초판 발행 | 2023년 7월 17일

지 은 이 | 유호 니무
옮 긴 이 | 전성은
펴 낸 이 | 서장혁
책임편집 | 원예지
편　　집 | 원수연
디 자 인 | 이새봄

펴 낸 곳 | 토마토출판사
주　　소 | 서울시 마포구 양화로161 케이스퀘어 727호
T E L | 1544-5383
홈페이지 | www.tomato4u.com
E-mail | story@tomato4u.com
등　　록 | 2012. 1. 11.
I S B N | 979-11-92603-31-5 (03830)